구름카페문고·30

신록의 노래

문학관books

신록의 노래

●

인쇄일·2023. 10. 25.
발행일·2023. 10. 30.
지은이·서 숙
펴낸이·이형식
펴낸곳 | 도서출판 문학관

등록일자 | 1988. 1. 11
등록번호 | 제10-184호
주소 | 04089 서울시 마포구 독막로 28길 34
전화 | (02)718-6810, (02)717-0840
팩스 | (02)706-2225
E-mail | mhkbook@hanmail.net

책값·10,000원

ISBN 978-89-7077-654-5   03810

구름카페문학상 수상자

수필 쓰기 20년의 결실

2001년에 등단하던 때를 생각하면 어제처럼 가깝기도 하고 그 사이에 아득하게 긴 시간이 흘러간 것도 같다. 그동안에 나는 많이 변한 것도 같고 그다지 달라진 것이 없는 것도 같다. 성장하였는지 퇴보하였는지도 잘 모르겠다.

글을 쓰는 일은 오롯이 나만의 세계에서 나만을 위한 작업이다. 그러나 그 글을 수필전문지의 지면에 발표하고 나아가 책을 묶는 일은 전혀 다른 차원이다. 그러니까 그 의미와 결실, 얼마나 세상에 득이 될까를 염두에 두는 일이다. 그러한 철저성으로 책 출판에 임했는가에 생각이 미치면 대답이 궁하다.

그런데 감히 기대하지 못한 수상을 하게 되었다. 그로써 수필가로서 인정을 받았다고 생각하니 매우 기쁘다. 나의 수필 쓰기가 당당하기까지는 아니어도 면목은 세운 것이다. 그러므로 이번 구름카페문학상은 내게 각별하다. 적어도 나태하지는 않았다는 자부심은 가져도 될 것 같다.

수필가로 지내온 20여 년의 과정에 커다란 이정표가 되어 준 수상에 즈음하여 마음가짐이 새롭다.

2023. 10월

서 숙

| 차 례 |

2부 푸른 방

3부 즐거운 미래

4부 달하 노피곰 도드샤

1부

더 아름다워지는 꽃

귀여운 여인

"애, 그래서 수박이 안 익었으면 안 사려구? 수박장사는 그럼 그 수박을 버리니? 그러지 마. 그냥 골라서 하나 사고 말어. 조금 안 익었으면 설탕 넣고 화채 하면 되잖아."

길거리 수박행상 리어카 앞이었다. 세모꼴로 칼집을 내어 속살을 보자는 나를 엄마가 야단쳤다.

"아니 나는 그냥 남들 다 그렇게 하길래. 에이, 나만 나쁜 사람 됐네."

내가 웃으며 말했다. 행상도 푸근해져서 요새 수박은 다 달아요 하며 따라 웃었다.

지금 팔순인 엄마는 예나 지금이나 늘 그런 식이다. 참외가 달면 달아서 맛있다고 하고, 오이같이 당도가 전혀 없으면 싱싱해서 좋다고 한다. 하얀 피부에 갈색 눈동자로 어렸을 때는 러시아 혼혈이라는 놀림도 많이 받았다고 한다. 그렇지만 성격은 여성스러운 외모와는 달리 자잘한 일상사에 애면글면하는 일이 별로 없이 대범하고 상당히 호탕하다. 함경도 산악인의 기질이랄까.

연탄을 때던 시절이었다. 추워지려면 멀었건만 부지런한 연탄장수가 가가호호 방문하여 판촉활동을 벌이며 대문 밖에서 소리쳤다.

"연탄 들여놓으세요. 며칠 있으면 올라요."

"오르면 오른 값에 살게요. 쓸데없이 사재기 하니까 가수요가 붙어서 더 가격이 오르잖아요."

엄마는 문도 안 열어보고, 집안에서 대꾸했다.

유식하다거나 멋쟁이라는 소리 들으면 제일 좋아하던 젊은 시절의 엄마는 이악스럽게 실리를 추구하는 실속파라거나 콩나물 값 아끼며 한 푼을 절약하는 알뜰한 살림꾼은 아니었다. 무엇이든 세련된 것 좋아하고 옷이고 가구고 유행에 뒤지는 것은 못 참았다. 조금이라도 구지레한 것은 딱 질색이고, 남 앞에서 초라하거나 약한 모습을 보이는 것을 아주 싫어했다. 으레 개봉영화는 다 봐야만 했고, 여행을 좋아하여 우리나라 명산 중에 못 가본 곳을 꼽으며 후일을 기약하곤 했다.

그런가 하면 동대문시장 바닥에 쭈그리고 앉아서 팥죽 사 먹으며 좌판 아줌마들과 이런저런 얘기 나누는 것도 즐겼다. 인색하지 않고 인정이 넘쳐서 불쌍한 사람들 보면 그냥 못 지나갈 뿐더러 아기 업은 걸인 여자에게 성큼 만 원을 쥐어주어야 속이 편했다. 감정이 풍부해서 툭하면 드라마 보다가 그렇게도 눈물을 뚝뚝 잘 떨구는 엄마는 스스로 명석하다면서도 약한 마음 탓에 사람들에게 잘도 속아 넘어가곤 했다.

부모님의 결혼생활 초기는 한국동란의 와중이었다. 아홉 남매의 셋째 아들이었음에도 부모부양에 형제들 뒷바라지 등 집안의 대소사가 모두 아버지 어깨에 걸려있었다. 깨진 독에 물 붓기라며 불평하는 엄마에게 아버지는 당신의 생각을 말했다.

"나도 내 삶이 버겁다. 힘에 부친다. 이는 마치 크고 작은 돌멩이를 잔뜩 지고 산에 오르는 일이다. 때론 나도 다 팽개치고 물병 하나만 들고 홀가분하게 산을 오르고 싶다. 그러면 정상에 서기도 쉬울 것이다. 그러나 나는 그렇게 할 수가 없다. 오르다가 힘들어 중턱에 머물지라도 이 돌멩이들을 무겁다고 내려놓을 수가 없다. 그냥 지고 가야지."

모질지 못한 엄마는 결국은 아버지의 뜻을 따랐으며, 아버지가 친척들을 돌본 덕분에 엄마는 왕비마마의 위상을 톡톡히 누리고 살 수 있었다.

　암산 능력이 뛰어나 별명이 B-29였다는 것이 자랑인 엄마는 그 능력을 명석한 판단력으로 환치시켜 자신의 판단에 대한 오류를 인정하기 싫어하였다. 자수성가한 사람답게 고집 센 군림형이었던 아버지는 그런 엄마를 누르려고 하고, 자부심 강한 엄마는 지기 싫어하는 성격으로 두 분은 늘 티격태격 다투고 살았다. 그래도 애교가 많고 밝은 성격에 〈그집 앞〉이나 〈바위고개〉를 어여쁜 하이소프라노로 잘 부르던 엄마를 아버지는 꽤 사랑스러워했다. 세상 변화에 대해 적극적이어서 전형적인 얼리어답터Early Adopter였으며 이벤트를 좋아하는 아버지와 멋 부리기 좋아하는 엄마는 현실에서 취할 수 있는 한 즐거움을 추구한다는 면에서 서로 잘 맞았다. 아버지가 돌아가신 후 엄마는 특유의 장기를 발휘하여 아버지와 싸우고 산 세월은 기억에서 싹 지웠다.

　"애네들은, 우리가 언제 뭘 얼마나 싸웠다고 그러니?"

　엄마는 정말이지 뭐든 나쁜 일이나 자신에게 불리한 일, 다시 기억하고 싶지 않은 일은 옆에서 보기에 신기할 정도로 재빨리 잊는 재주가 있다. 이러한 엄마의 뛰어난 도피에 의

한 현실적응 능력에는 부침이 심했던 인생역정을 겪으며 운명의 불가항력에 손을 들어버린 허무주의가 있다. 태생의 낙천적 기질에 덧붙여진 허무주의로 엄마는 이렇게 비현실적이면서도 현실적이다. 전쟁 때문에 달라져버린 운명, 이것을 귀여운 여인, 우리 엄마는 이렇게 해석한다. "여자는 그저 팔자가 좋아야 돼. 공부 잘 하는 거, 얼굴 예쁜 거 다 소용없어. 남편 복이 최고야." 덕분에 우리 자매는 자라면서 공부하라는 다그침은 별로 못 듣고 컸다.

그런 허무주의를 바탕으로 목숨에 연연하지 않은 초탈함이었을까. "내 아버지와 내 오라버니도 일찍 돌아가셨으니, 내가 이렇게 병약해서 골골하니, 그리고 점쟁이도 그랬으니 나는 아마 사십을 넘지 못할 거야." 입버릇처럼 말하던 엄마는 드디어 내가 초등학교 5학년이 되자 나에게 막내를 부탁했다. "너는 이제 다 컸는데 아직 어린 막내가 걱정이야." 나는 그즈음에 꿈에 이가 빠지면 부모가 죽는다는 말을 들었다. 맨날 이가 빠지는 꿈을 꾸었다. 엄마는 자신이 죽을까봐, 나는 엄마가 죽을까봐 걱정인 가운데 엄마는 태연하고 나만 내색도 못하면서 속으로만 전전긍긍했던 시간들이 새삼 억울하다. 그때부터 아마 엄마란 못 믿을 존재라고 생각했었나 보다. 그래서 나는 애어른이 되어갔고 때로 어린아이 같이 보이던 엄마는 툭하면 '네가 엄마 해라.', 그런 말을 내게 하곤 했다. 막내가 대학에 들어갔을 때도 엄마는 내게 막내를 부탁했다. "이제 죽어도 여한이 없는데 막내가 어려서."

언젠가 통일이 되면 엄마가 죽어 없더라도 꼭 외가를 찾아보라고 하면서 이북에 두고 온 고향 얘기를 실감나게 잘 했다. "우리 엄마는", "우리 언니는" 하면서 생생하고 자세하게 고향 얘기를 들려주곤 했다. 언젠가 친구들에게 엄마 얘기를 옮기며 "우리 엄마의 언니는" 하니까 친구들이 "엄마의 언니? 그러면 이모 아니야?" 했다. 나는 새삼 깨달아 "아, 그렇구나" 하면서도 외할머니, 이모, 외삼촌 같은 호칭은 낯설었다. 엄마는 비애감도 없이 명랑하게 말하곤 한다.

"이북에서 태어나 남으로 피난 내려온 것도 모자라 늘그막에 이민으로 미국까지 날아갔으니 내 역마살도 어지간해. 그렇게 떠돌아다닌 것도 성에 안 차는지 나는 죽어서 다시 태어난다면 새가 되고 싶어. 여기저기 훨훨 마음대로 날아다니게."

엄마에게는 학구적인 면을 물려받은 딸, 풍부한 인정과 감수성을 물려받은 딸, 운동과 음악적 재능을 물려받은 딸이 있다. 생활에 필요한 냉장고는 고물을 그대로 쓰고, 냉장고 가격의 카펫을 먼저 사들이는 나도 엄마의 유전자를 물려받았다.

엄마의 여러 가지 면을 골고루 나눠 가진 딸들은 미국에 있는 엄마와는 전화로 안부를 물으며 한 달에 한 번꼴로 만나는데 항상 손에 책이 들려있다. 그러한 네 자매의 모습 뒤에는 낭만과 멋을 사랑했던 아버지, 남다른 미의식을 지니고 정서가 풍부한 엄마가 있다.

격세유전이란 말이 맞는지, 나의 딸은 외할머니의 기질을 많이 닮았다. 그래서 외할머니 같은 사람이 엄마였으면 얼마나 좋을까 한다. 나는 의지처가 되는 엄마를 원했는데, 딸은 다정한 엄마를 원하는가 보다. 이래저래 세상은 마음대로 되는 게 아닌 것 같다.

그는 비우고, 그녀는 채우고

어떤 영화가 좋은 영화인가에 대하여 두 사람의 생각은 전혀 다르다.

나는 말한다. "좋은 영화란 모름지기 우리로 하여금 회색 뇌세포를 움직여 생각에 잠기게 하는 것이야."

그는 말한다. "무슨 소리야. 골치 아픈 영화는 질색이야. 살아가는 매일매일이 골치 아픈 일투성이인데 영화까지 그런 걸 본단 말이야? 좋은 영화란 그런 게 아냐. 영화를 볼 때면 정신없이 몰두해서 볼 수 있게 재미있어야 하지만, 극장 문을 나서는 순간 무슨 영화를 봤는지조차도 생각나지 않는 영화가 진짜 좋은 영화지."

영화 한 편에 대한 견해가 다른 것처럼, 두 사람이 추구하는 삶의 태도 또한 판이하다. 그의 입장에서 보면 나는 쓸데없는 것으로 머릿속을 채우느라고 바쁜, 공연스레 복잡한 여자다. 언제나 이것저것 알고 싶은 게 많아서 개론의 홍수 속을 헤매고 다닌다. 사소한 것마다 일일이 의미부여하고 부연설명하며 분석하고 따진다. 그러면서 보태고 채우려고 애쓴다.

반면에 그는 대체로 잊고 털어 내며 살아가는 편이다. 단순 명쾌하게 자신의 관심사를 고정시켜 놓고, 그 틀 안에서 흔들림이 없다. 서민으로 태어났으니 서민으로 살다가 서민으로 죽고 싶다는 그의 소망처럼, 물심양면으로 그지없이 투명 담백하고 소박한 사람이다. 말수가 적고 표현력이 부족한 그를 놀리느라고 "그렇게 평생을 몇 개 안 되는 어휘만 사용하고 살면서 갑갑하거나 아쉬운 점이 없습니까?" 하고 내가 마이크를 들이대는 시늉으로 인터뷰를 청했더니, "전혀 불편하지 않음" 하고 예의 한정된 어휘로 전보문같이 응답한다.

그래도 특유의 유머감각으로 가끔은 재미있는 조어실력을 발휘하기도 한다. 어느 날 갑자기 내 머리카락에 흰머리가 늘기 시작할 때였다. 그는 일찌감치 잿빛이 되어버린 자기의 머리가 세기 시작했을 때보다 더욱 심란해했다. 아마도 흐르는 세월이 거듭 새삼스러웠나 보다. "어, 여기 흰머리 또 보인다" 하며 뽑으려고 덤볐다. "아니, 안 돼. 지금 흰머리가 문제가 아냐. 흰머리거나 검은머리거나 간에 숱이 줄어드는 게 더 큰일이니까 뽑지 마시오." "어이구. 그러니까 등소평의 흑묘백묘黑猫白猫가 아니라 서숙의 흑모백모黑毛白毛란 말이지."

영화 〈러브레터〉를 같이 보러 가자고 했더니, "아니 왜 하필이면 일본영화냐"고 마땅치 않아 했지만 보고 와서는, 내가 영화 속 여주인공을 흉내 내어 "오겡끼데스까?" 하고 집 이쪽 끝에서 손나팔을 만들어 외치면, 집 저쪽 끝에서 그가 무뚝뚝하게 화답하곤 했다. "안 겡끼데스."

아무튼 그에게 내가 붙여 준 타이틀은 '행복의 조건을 갖춘 사람'이다. 그는 별다른 갈등구조가 없는 사람이다. 저 길로 갔으면 했는데 결국 이 길로 오고 말았다든가, 진짜 자기가 원한 것은 저것이었는데 운명이나 환경 탓에 이리 되고 말았다는 큰 회한이나 미련은 별로 없는 듯싶다. 남에게 지기 싫은 경쟁심에서가 아니라 그저 공부밖에는 할 줄 아는 게 없어서 계속하다 보니까, 그것이 별 무리 없이 생계유지의 방편으로 이어졌다. 거기다 더불어 나름의 사회적 지위도 따라온 셈이 되었다. 좋아하는 일만 하면서도 그런대로 만족하며 살 수 있으니 그만하면 행복의 조건을 갖추었다고 여겨진다. 그런데 '행복하다'는 어감이 주는 낯설음 때문인지, 정작 그는 이 타이틀을 그다지 달가워하지 않는다.

영국 작가 그래함 그린의 소설 『사건의 핵심The heart of the matter』에 나오는 주인공들은, 우리 부부의 모습과 유사한 점이 있다. 남편 스코비는 살아가면서 지니고 있는 물건들을 되도록 하나씩 줄여가려고 애쓰는 사람이다. 아내 루이즈는 집안을 책과 장식품 등 여러 가지 물건들로 가득 가득 채워가며 산다. 나는 루이스처럼 채우고, 그는 스코비처럼 비운다.

이제마가 분류한 사상의학에서의 여러 유형 중에 매우 저축성이 강한 부류가 있다. 이들은 체질적으로 저축을 좋아해서 몸에 여분의 살을 비축하고 사는데, 그뿐만이 아니라 성격이나 생활 습관도 쌓아두고 모으기를 좋아한다고 한다. 내가 아마 그런 유형의 사람인가 보다. '검소한 생활 속의 고원한 사색'이라든가 '말은 간결함을 으뜸으로 친다'라는 경구를 무척 마음에 들어 하는 한편, 나는 어쩌면 그렇게 아무것도 버리지 못하고 관념적으로나 현실에서나 이 많은 것을 끌어안고 사는지 모르겠다.

"살아간다는 것의 의미가 무엇일까, 인간의 가치는 어디에 있을까." 나는 이런 우문을 사랑한다. "왜 살기는? 그냥 목숨이 붙어 있으니까 사는 거지." 그의 현답은 간결명료하다.

"이렇듯 여러 면에서 서로 동떨어진 생각을 하면서도 부부라는 이름으로 몇십 년을 같이 살기도 하는 거야." 의견이 어긋날 때 내가 하는 말이다. "그래, 맞아." 그가 흔쾌히 동의한다. 결국 이 시점에서 우리의 의견은 전적으로 일치한다.

나는 복잡하고, 그는 단순하다. 그가 하얀 캔버스라면, 나는 그곳에 내 마음대로 색칠 범벅을 하는 사람이다. 나는 쌓고, 그는 그것을 묵묵히 견딘다. 그가 마련해 놓은 공간 속에서 내가 울타리 안의 자유를 누린다. 비울수록 넉넉해지고 채울수록 빠듯해지는지, 그는 늘 나보다 좀 더 여유가 있는 모습이다.

혹시 모를 일이다. 비워야 만이 채울 수 있는 것이기에, 그가 비워놓은 곳을 내가 채운다는 것으로 어쩌면 우리 부부가 어느 날 허허실실의 지극한 경지에 다다를 수 있을지도.

내 아버지의 작명법

십여 년 전, 여동생의 약혼식 때였다. 약혼자가 아버지에게 동생의 이름에 대해 항의 아닌 항의를 하였다.

"아버님, 두 언니와 동생이 모두 외자 이름인데 왜 셋째 딸의 이름만 두 잡니까? 다른 자매들하고는 얼굴 모습도 다른 것 같은데 혹시 주워 온 딸 아닌가요?"

아버지가 특유의 너털웃음을 터뜨리며, 변명 아닌 변명을 시작하였다.

"첫아이가 아들이었을 때는 아주 기쁘더군. 아들이 있으니 다음은 딸이었으면 했는데 마침 딸이야. 반가웠지. 세상이 내 맘대로 되는 것 같더라구. 그래서 세 번째는 아들을 기다렸는데 그만 딸이야. 약간 섭섭했지. 그러다가 셋째 딸까지 낳고 마니까 너무 섭섭해서 울고 싶은 심정이더구면. 하지만 서운한 마음 한편으로는 아이에게 미안해서 이름만은 세상에서 제일 예쁘게 지어주려고 마음먹었지. 그래서 궁리 끝에 지은 이름이 아름다울 미美에 비단 라羅, 미라라는 이름이야. 그런데 보라구. 내 선견지명이 제대로 들어맞아서 이름처럼 외양도 마음도 예쁘게 자라지 않았나."

미라라는 이름은 지금이야 흔한 이름이 되었지만, 60년대에는 독특한 이름이었다. 동생은 하얀 피부 큰 눈으로 이름에 어울리게 얼굴도 서양 사람 같다는 소리를 많이 들으면서 컸다. 사실 아버지는 셋째뿐만이 아니라 딸들 모두의 이름을 가지고 당신의 선견지명을 자랑하시곤 했다.

항렬 상으론 우리 형제의 이름에는 주석 석錫자를 붙여야 한다. 그래서 첫 아들의 이름은 형석亨錫이라고 무난하게 지었지만, 아버지는 석錫자 항렬은 여자아이의 이름으로는 걸맞지 않다고 생각했다. 매사에 무난한 것보다는 특이한 것을 좋아하시는 취향도 한 몫 했다. 그래서 두 딸이 숙淑과 옥玉이라는 외자 이름을 갖게 되었으며, 당시의 서구화 바람을 타고 서양 어감이 드는 미라라는 이름도 생겨나게 되었다.

1남 3녀를 얻은 후 부모님은 더 이상의 자식을 원치 않았다. 그렇지만 어디 인생이 계획대로 되어지던가. 뜻하지 않게 임신과 맹장염 수술이 겹쳐지는 바람에 어머니는 예정에 없던 다섯째 아이를 낳아야 했는데, 이번에도 딸이었다. 넷째 딸을 아버지는 서운해하지 않았다. 아버지가 막내의 이름으로 꽃부리 영英자를 정하던 그 밤이 생각난다. 모처럼 일찍 들어오신 날, 갓난아기를 흐뭇하게 내려다보시며, "예쁜 이름이지?" 하고 올망졸망 모여 앉아 있던 우리에게 의견을 물으셨다.

이렇게 드문드문 몹시 가정적이고 자상한 모습을 보일 때도 있었지만, 대개는 식구들에게 무턱대고 무섭고 엄격한 아버지였다. 아마도 너무 젊은 나이에 자식을 두어서 부모 노릇의 중압감에 자식들의 존재가 부담이 되었을 지도 몰랐다. 그렇던 아버지는 넷째와 터울이 지는 다섯째 자식에게서 비로소 진한 부정을 느끼셨던 것 같다. 커 가는 것을 안타까워할 정도로 막내를 애지중지하였는데 그 정도가 무절제에 가까울 지경이었다. 막내는 넘치게 영리하고 못하는 것 없이 재주가 많았다. 막내라서 귀엽기도 했겠지만, 아버지는 더욱 동생의 재주를 사랑하였다.

아버지는 딸들의 이름에 늘 스스로 감탄해 마지않으셨다. 첫째 딸 '숙'은 정숙하고, 둘째 딸 '옥'은 영롱하고, 셋째 딸

'미라'는 사랑스럽고, 넷째 딸 '영'은 영특하다고 했다. 한문에 웬만큼 조예가 있는 분이 제대로 된 말뜻을 몰라서 그런 해석을 내렸을 리는 없고, 단지 아버지의 딸들에 대한 희망을 그렇게 투영하신 것일 것이다. 이름이 자식들의 성격과 됨됨이에 너무나 잘 들어맞는다고 주장하셨던 것도 그런 모습의 인간이 되어줄 것을 깊이 바라셨기 때문이리라.

아버지는 아마 첫째 딸에게서 현숙함과 기품을 기대하였을 것이다. 한 큰 인물의 내조자로 손색이 없을 모습을 상상하였다. 둘째 딸은 어려서부터 남들 앞에 나서기 좋아하고 리더십과 학구열을 겸비했으니 공부 많이 하여 큰 재목이 될 것을 희망하셨다. 무엇보다 그의 진지하고 열정적인 생활 자세에서 아버지는 옥구슬이 지니는 영롱한 빛을 보셨다. 아버지는 또, 셋째에 대해서는 살다가 만약 눈비 몰아치는 날, 춥고 외로울 때가 온다면 이 아이가 나에게 따뜻한 위안이 되어 주리라고 그의 모습을 그렸다. 특히 막내에게는 대단한 기대감을 공공연히 나타내시곤 했다. 이모저모 재주가 많은 데다가 사근사근 연한 배 같은 성격으로 사람들에게 어필하는 매력이 있으니 무엇으로든 간에 세상에 명성이 나는 일을 할 것이었다.

아버지의 이름에 대한 해석에 딸들은 대체로 시큰둥했다.

아버지는 한 때 문학청년이었다면서 어쩌면 딸들 이름을 이렇게 성의 없이 흔한 글자로 지으실 수가 있냐, 일례로 서울 변두리나 시골 소읍을 지나다 보면 숙 미용실이나 영 다방이 어김없이 눈에 띄지 않느냐고 우리끼리 화기애애, 농담거리로 삼곤 했다.

우리가 평범한 자신들의 인생살이에 별 유감이 있든 없든 그것은 별개로 하고, 딸들은 하나 같이 아버지의 성급한 선견지명을 배반하며 변변치 못하게 사는 폭이다. 그러나 이제는 돌아가시고 안 계신 아버지의 기대가 결국 착각에 지나지 않은 것이었다고 하더라도, 그것이 당신 나름의 부정의 발로였을 바에야, 네 자매의 가슴에는 언제나 사라지지 않는 한 줄기 햇살로 남아 있어 그로 말미암아 나날의 생활을 반성하는 것이다.

되돌아보니 미안한 마음은 온통 오빠에게로 향한다. 자라면서 늘 여동생들이 설치는 통에 남의 집 외아들이 누리는 대접은 한 번도 제대로 받아보지 못했다. 아버지가 오빠를 다루는 모습은 나에겐 여러모로 부당하게 비쳤다. 외아들을 향한 너무 큰 기대와 그에 따른 어쩔 수 없는 조급한 마음 때문이었을 것이다. 그래도 오빠는 불평 한마디 없었는데, 그러려니 하고 참아 넘길 수 있었던 것은 그가 이름자에 형통할 형亨자를 가지고 있는 덕이었을까.

생각해 보면 이름대로 되지 못한 것은 우리뿐은 아니다. 할아버지는 아버지의 이름으로 항렬자인 궁정 정廷자에 선비 언彦자를 취하셨으니 이름대로라면 정승판서의 격에 올라야만 했을 것이다. 아버지는 평생을 세상살이의 경영에 성실하셨으나 행운과 불운을 두루 엮은 일평생에 말년이 그리 편안하지는 못했다.

사람들로부터 내 이름에서 글 쓰는 사람의 분위기를 느낀다는 말을 더러 듣는다. 그러한 찬사는 애초에 아버지가 품었던 희망사항에서는 한참을 비껴간 것이리라. 그러나 나는 사람들이 나의 이름에서 맑은淑 기색으로 천천히徐 나아가고 있는 어떤 연상을 떠올릴 수 있었으면 하는 마음으로 그러한 문학적 여운을 남겨주신 아버지의 어긋난 선견지명을 기린다.

흰 명주 천에 대한 기억

공항에 내려 숙소로 향하는 버스에 오르자, 인솔자가 여행객들에게 일일이 하얀색의 긴 천을 목에 걸어준다. 티베트 땅에 막 발을 디딘 낯선 이방인에게 건네는 첫 번째 환대다. 언어가 미처 담아내지 못하는 다정함을 스카프 같은 얇은 천이 듬뿍 대신한다. 신체가 직접 닿는 서양의 악수나 상대와 멀찍하게 거리를 두는 우리의 절에 비해, 천이라는 소품이 등장하는 티베트인 특유의 인사법은 닿을 듯 말 듯 은근한 정취가 있다. '나는 당신에게 호의를 가지고 있으며, 또한 당신의 호의를 바랍니다'라는 의미가 무척 설득력 있게 다가온다.

불현듯, 자상하게 옷깃을 여며주던 어떤 이의 손길이 생각난다.

추억의 저장고 뒷전에서 먼지가 뽀얗던 기억 한 자락이 하얀 천 위로 살며시 드리워진다. 천을 가만히 쥐어 본다. 가슴속 파장이 자그맣게 동심원 서너 개를 그린다. 무엇인가 내가 귀 기울여 들어야만 할 말이 있는 것 같다. 이윽고 버스가 출발한다.

"방금 여러분 목에 걸어드린 것은 여게 말로 '하다'라고 합네다."

조선족 처녀 안내원은 '하다'에 대한 설명으로 운을 뗀다. 아주 오래전에는 이 높은 고산지대가 바닷속 깊이 잠겨 있었다는 설명을 들으며, 차창에 스치는 초록색 융단이 펼쳐진 산악의 정경을 눈인사로 맞을 때, 스르르 미끄러지는 하다의 감촉이 손가락 사이로 산뜻하다.

사원에서 사람들은 부처님 전에 하다를 던지며 종교적 기원을 담는다. 자기 집에 들른 손님에게는 환영한다는 의미로, 또는 축하할 일이 있거나 행운을 빌어줄 때도 상대에게 하다를 걸어준다. 하다를 받게 되면 걸어준 사람의 친절에 대한 답으로 한동안은 그대로 걸고 있는 것이 예다. 또한 물건도 귀한 것이라고 여길 때면 하다로 묶어 놓는다. 그야말로 부처님도 걸고 사람도 걸고 물건도 거니 두루두루 안

쓰이는 데가 없이 성스러움과 속됨을 아우른다. 우리말의 '-하다'가 각종 행위를 포괄하듯이 티베트의 하다도 그들의 생활 속에서 아주 많은 것을 담아낸다. 주황색이나 노란색 등 다양한 색상의 하다가 있긴 하지만 그래도 흰색이 가장 흔하다. 예전에는 비단으로 만들었겠고 한 시절 전이라면 인조견으로라도 만들었을지 모르지만, 지금의 이것은 화학섬유에 불과하다. 어쨌거나 맑고 차가운 대기 속에서 천은 가볍고 부드럽게 목에 감긴다.

티베트의 수도 라사로 가는 길에, 야루짱부강을 건너 작은 사원에 들렀다. 절벽의 마애불은 채색단장이 화려하다. 색조는 우리의 오방색을 떠올리게 하지만 흰색이 많이 섞여 채도가 낮은 파스텔 톤이 부드러우면서도 화사하다. 그 부처님 상을 향해 기원을 담아 목에 걸고 있던 하다를 던지는 것이다. 그런데 나는 아직 그 천을 떠나보내기 싫었다.

저녁에 여장을 풀며 하다를 차곡차곡 접는데 다시 마음에 찰랑 파장이 일었다. 왜 그 아주머니가 생각났을까. 하다를 걸어주는 동작에서 옷깃을 여며주던 손길이 연상되어서였을까. 생각을 더듬다가 낮게 입속말을 했다.

"아, 그 명주."

신혼여행에서 돌아온 날, 친정어머니가 곱게 접은 천을 꺼내놓으며 말씀하셨다.

　"이거 너희 할머니께서 직접 누에 쳐서 실 뽑아 짜신 명주야. 그런데 염색 안 된 흰 천이라 딱히 할 수 있는 게 없어서 그냥 가지고 있었거든. 네가 폐백 올릴 때 쓰면 안성맞춤일 것 같다."

　할머니가 시어머니로서, 며느리인 친정어머니에게 자신이 가장 아끼던 것을 주셨을 것이다. 오래전에 받아서 보관해오신 것이라고 했다. 눈처럼 흰 명주 한 감은 펼쳐놓으니 두둥실 뭉게구름 같았다. 매끈한 광택의 천은 바느질도 안 간 것이었으므로, 나는 내 몸에 이리저리 둘러보며 천의무봉이라는 말을 떠올렸다.

　맏아들인 남편에 대한 꿈과 기대는 아들의 결혼식에까지 이어져 시어머니는 이것저것 챙기는 것이 많았는데, 무엇보다 크게 마음을 쓴 일은 폐백이었다. 폐백만은 당신의 집 대청마루에서 고향인 평안도 식으로 받아야겠다고 작정하고 계셨다. 그래서 결혼식 후에 신혼여행에서 돌아와 친정에서 하룻밤을 묵고, 그 이튿날 시댁으로 가서 폐백을 올렸다.

　폐백 드리는 날에 새색시가 입었던 녹의홍상綠衣紅裳은 함에 들었던 원단으로 마련하였지만, 빌려 입은 원삼족두리의 신부대례복은 그다지 훌륭한 것은 아니었다. 그렇지만 한삼 위에 두르고 있다가 시어른들에게 큰 절을 올린 후, 던져주는 밤 대추를 받을 때 넓게 펼쳐든 할머니의 흰 명주 천만은 당연히 아주 각별한 것이었다.

쪽진 머리에 비녀 꽂은 얌전한 차림새로 높이 고인 방석 위에 다소곳이 앉아 있는데, 양쪽 어머니와 두루 친한 아주머니가 내내 옆에 앉아서 등도 쓰다듬고 옷고름도 고쳐 매만져 주며 하염없이 지켜보고 계셨다. 양가가 한 동네서 살던 사이에 사돈이 맺어진 연유로 둘러선 하객이 거의 나를 어린 시절부터 보아온 사람들이었다. 그 아주머니도 그중의 한 분이어서, '어리던 것이 어느새 자라 시집을 가는구나'라고 생각하며 감회가 새로워서 그러시는 줄 알았다.

그런데 후에 들으니 나를 며느리로 삼고 싶은 나머지 이모저모 궁리가 많았다고 한다. 그 와중에 양가 어머니들에게 눈총도 어지간히 받았고 티격태격하였다는데, 남편도 대충 알고 있던 일을 나만 새까맣게 몰랐다. 그 이야기를 나중에 듣고 나는 어이도 없고 이해도 안 되었다. 이미 딴 사람과의 혼사가 진행 중인 사람을 며느리로 삼을 생각이 과연 어떻게 들 수 있는지, 아무튼 그러니 나를 보는 눈길이 예사롭지가 않았을 것이다. 이 아이가 내 며느리가 될 수도 있었을

텐데, 내 며느리가 되었더라면 좋았을 걸, 속으로 생각하며 옆에서 이렇게 쓰다듬고 저렇게 보살펴 주셨구나. 나는 나중에 실소를 머금으면서도 그 마음을 되짚어 보았다.

아주머니의 마음이 아무리 애틋하였기로 영문을 몰랐던 나로서 가슴에 그리 깊이 각인될 리 없었다. 그렇지만 정작 소중히 간직했어야 할 명주 천은 그만 살다가 무심중에 어디론가 사라져 버렸다. 가끔 살풀이춤을 볼 때면 옥색 치마 저고리를 휘감는 흰 수건에서 예전의 명주를 떠올리며 '도대체 그 천이 어디로 사라졌을까' 하며 잠깐씩 애석해 하였다. 그런데 오늘 하다가 목에 걸릴 때 그 아주머니가 나의 원삼 깃을 이리저리 여며주던 모습이 떠올랐던 것은 명주 천에 대한 기억이 하다에 겹쳐진 때문인가 본데, 왜 명주 천보다 먼저 아주머니의 손길이 생각났는지 모를 일이다. 이국에서의 예민해진 감수성은 때로 마술처럼, 스쳐 지나간 한 조각의 기억도 소중한 추억으로 되새겨 주기도 하나 보다.

라사의 사람들은 사원에 들러 의식을 행하는 것으로 그날의 아침을 연다. 자길사라고 불리는 이곳은 성역인 포탈라 궁이나 조캉사원과는 달리 이 지역의 밑바닥 정서가 농밀하게 배어 있는 서민 신앙처다. 길게 줄지어 선 사람들은 모두 손에손에 술과 향을 들고 있다. 술 냄새와 향내가 코를 찌른다. 향초 다발을 통째로 사원 앞마당의 화로에 던지는 모습은 우리와 사뭇 달라서 대륙적이라고 할까 무모해 보이기도 한다. 산더미 같은 빈 병들 사이로 흘러내린 술이 흥건한 바닥을 딛고 사원 입구에 서니, 시주함이 놓인 옆으로 하다가 수북하다. 제단에 술을 바친 사람들은 이제 하다를 하나씩 빼어들고 수많은 부처와 보살이 모셔진, 미로 같은 사원 내부로 걸음을 옮긴다. 그들은 곳곳에서 공손히 오체투지를 하고 입구에서 가져온 하다를 바친다. 이 어둡고 좁은 속에서도 부처는 하다에 둘러싸여 구름 위에 가볍게 정좌한 듯 편안한 모습이다. 법문을 외는 승려도 하다 더미에 파묻혀 속세를 멀리하여 생불의 모습일 듯도 하건만, 사원 안 여기저기 중생들이 바친 지전더미에는 고해를 헤쳐 가는 군상들이 품은 가녀린 그러나 강렬한 현세적 욕망의 자취가 적나라하다.

라사에서 시가체로 가는 길은 고지대답게 한결같이 민둥산이다. 노란색 유채화가 색감을 돋우는 드넓은 초지도 좋지만, 나는 특히 텅 빈 들판에 잡풀이 무성하고 크고 작은 나무들이 듬성한 황무지가 좋다. 강가의 산 표면은 스미지 못하고 흐르는 빗줄기 때문에 깊이 팬 물길을 드러내고 있다. 세로로 새겨진 주름살 같다. 가다 보면 이 주름살을 타고 간간히 폭포처럼 흘러내리는 가느다란 물줄기를 만난다. 햇빛을 받아 반짝이는 희고 가는 물줄기는 하다와 살풀이춤의 흰 수건과 잃어버린 명주 천을 두루두루 닮았다.

"당신은 과연 누구십니까?"

"나는 내 전생의 환생일 뿐이오."

한 한국인 철학자와 살아있는 관세음보살이라는 달라이라마와의 문답이다. 신으로 추앙받는 그는 과연 어떤 전생들을 거쳤으며, 가파른 등성이에 매달리듯 모여 있어 드문드문 독특한 풍광을 연출하고 있는 저 양떼들의 전생은 또한 무엇이었을까.

윤회와 환생의 땅, 8천만 년 전에는 바다 깊숙이 누워 있던 땅, 4백만 년 전에 바다가 융기하면서 히말라야로 솟아난 땅, 그래서 지금도 그 시절의 모래와 자갈과 조개껍질의 퇴적을 고스란히 드러내고 있는 곳. 그러나 지금은 깊숙한 내륙, 바다는 멀고 오히려 하늘에 맞닿아 있는 이곳 티베트 땅에서 나는 자연도 윤회하는구나 하고 느꼈는데, 이 하다도 명주 천의 환생으로 내 손에 잡혀 있는 게 아닌가 생각되었다. 그러니까 내가 들어야 했던 것은 그 명주 천에 대한 안부였나 보다. 예전에 명주를 지녔을 때의 나와, 삼십 년을 지나 하다를 걸친 지금의 나는 얼마나 다를까. 아니, 얼마나 달라지지 않았을까. 이곳에서 잠시 그 세월을 건너뛰는 동안 할머니의 명주는 성심의 애정을, 아주머니의 손길은 연연한 애착을, 살풀이춤의 수건을 닮은 하다는 스치는 인연의 애상을 선연한 이정표로 내게 남겨주었다.

티베트 땅에 작별을 고하고 떠나올 때, 비행기에서 내려다본 만년설을 인 산봉우리들은 하얀 구름의 바다 위에 우뚝우뚝 솟은 장관이었다. 온 시야를 덮은 구름 떼는 어느새 수북이 쌓인 하다의 모습과 오버랩되고 있었다. 그 하다의 더미 속에 나의 잃어버린 명주 한 가닥이 언뜻 스쳤던가?

나도 어머니처럼 이겨낼 수 있을까

시어머니는 의심이 많다. 편견도 심하다. 무슨 일이든 당신의 손을 거쳐야 직성이 풀리고 남이 하는 일들은 대체로 마음에 들어 하지 않는다. 그러다 보니 항상 집안 대소사를 당신 혼자 결정하고 추진해야 한다. "내가 인복이 없어서 사는 게 이렇게 고달프다"라고 탄식하면서.

며칠 전에 신촌 근처를 지나다가 오랜만에 중국식 호떡을 파는 리어카 행상을 보게 되었다. 나는 왈칵 반가웠다. 이 호떡은 공같이 부풀려서 속이 텅 비어있기 때문에, 예전에 우리는 속칭 공갈빵이라고도 했다. 주먹으로 탁 치면 여러 조각으로 부스러지고, 그 안쪽에는 달착지근한 꿀물이 발라져 있어서 아삭아삭하면서도 달콤한 게 어쩌다 한 번씩 먹게 되면 맛이 괜찮다.

예전에는 중국음식점에서 밖으로 낸 유리 진열장 안에 쌓아놓고 많이 팔았지만, 요즘은 이런 호떡은 이렇게 행상으로나 팔리고 그나마 자주 보기도 힘들다. 그런 호떡이 어쩌다 눈에 들어오면 나는 그것을 살 때도 있고 그냥 지나칠 때도 있다. 그러나 이것을 볼 때면 어김없이 생각나는 이야기는 하나 있다.

남편이 고등학교에 다닐 무렵이라니까, 시아버지가 아마 45세 정도였나 보다. 그만 어쩌다가 병명을 알 수 없는 병에 걸려 종합병원을 전전하며 투병생활을 해야만 했다. 급기야는 여러 병원을 거친 끝에 최종적으로 내려진 진단은 폐암 말기로 여섯 달을 넘기기 힘들다는 것이었다.

시어머니는 환자를 집으로 퇴원시키고 먹고 싶다고 하는 거나 원 없이 사주라던 의사의 충고를 따라 아버님에게 먹고 싶은 것이 무엇이냐고 물었다. 자신의 병의 위중함에 대해 알 바 없던 시아버지는 무심코 중국호떡이 먹고 싶다고 했다. 그 길로 호떡을 사러 나섰다. 노량진의 집을 나와 차를 타고 한강다리를 건너 용산에 당도했다. 요즘은 다 없어졌지만 그 즈음 그 일대에는 중국음식점들이 즐비했다고 한다.

그런데 어찌 된 일인지 그날따라 하나도 눈에 띄지 않았다. '아니 그 많던 중국집들이 몇 달 새에 다 문을 닫았나. 왜 이렇게 하나도 없지?' 초조하게 두리번거리며 중국집을 찾아 서울역 방향으로 하염없이 걸었다. 삼각지를 지나고 남영동을 다 지나갈 무렵에야 가까스로 허름한 집을 하나 발견하곤 간신히 호떡을 사 갖고 돌아올 수 있었다.

그런데 시한부의 삶을 선고받았던 아버님은 기적처럼 시나브로 병세가 호전되었다. 여러 이웃과 친지들은 굿을 크게 한 덕이라고도 하고 용한 무당의 효험이라고도 했다. 아니면 단순히 의사들의 오진이었는지도 모를 일이다. 한시름을 넘기고 난 몇 달 후 어머니가 용산 근처에 나들이를 했을 때, 그 거리에서 맞닥뜨린 당혹감을 훗날 내게 이렇게 표현하였다. "그때는 하나도 없던 중국집들이 거리 이 끝에서 저 끝까지 널렸더구나. 아무리 눈을 씻고 찾아도 안 보이더니."

변화를 싫어하는 어머니의 고집 탓에 부모님은 피난민으로 처음 정착했던 노량진에서 오십 년이 넘도록 살고 있다. 그 바로 이웃집에 사는 중년의 주인남자가 젊은 나이에 그만 중풍으로 반신불수가 되고 말았다. 그가 쓰러지고 나서 얼마 지나지 않은 때였다. 어머니와 내가 골목을 걸어가는 저쪽에서 그의 부인이 외출 차림새로 걸어오고 있었다. 우리와 마주치곤 "안녕하세요?" 하고 환하게 웃으며 지나쳤다. 어머니는 그녀가 멀어져 가는 뒷모습을 물끄러미 바라보며 혼잣말처럼 뇌이셨다.

"요즘 젊은 여자들은 어쩌면 저러냐. 남편이 저렇게 누워 있는데 입술연지를 새빨갛게 칠하고는…. 나는 니 아버지가 아플 때 삼 년 동안 거울을 안 봐서 머리가 하얗게 세는 것도 몰랐는데."

아버님은 암환자로 진단받은 후에 고비를 넘기신 뒤로도 한 십여 년을 시름시름 차도를 보이며 병치레를 했건만, 올해 팔순인데 아직 기력이 그만하시다. 그리고 세 살 아래인데도 불구하고 병약했던 남편보다 오히려 훨씬 더 늙어 보이는 어머니는 살아온 세월이 억울하다고 툭하면 신세타령이다. 매사에 극성이고 의심이 많지만 특히 의사들 말은 좀체 잘 안 믿는다.

요즘은 중국호떡을 파는 사람들이 드물다. 그래도 돌아다니다 보면 간혹 눈에 띄기는 한다. 나는 호떡을 살 때도 있고 그냥 갈 때도 있다. 그렇지만 그 곁을 지나칠 때면, 용산에서 남영동까지 한참을 "그 많던 중국집들이 갑자기 어디로 사라졌을꼬?" 하며 두리번거리면서 휘적휘적 걸어가는 흰 저고리를 입고 있는 어머니의 영상은 실제로 본 것처럼 나의 뇌리에 어김없이 또렷하게 떠오르곤 한다.

군인과 소설가

두 권의 책을 읽었다. 김훈의 소설 『공터에서』는 나의 아버지를, 유시민의 저술 『국가란 무엇인가』는 아버지의 생을 관통했던 애국심의 정체를 생각하게 했다.

우리의 아버지들은 지난 세기의 격랑을 헤쳐 온 사람들이다. 누구는 파고에 올라타 용케 어느 해변에 안착했고 누구는 파도에 휩쓸려 허우적거리다 끝내 가라앉았다. 소설가는 말한다. "집에 돌아온 아버지는 늙은 말 같았다. 갈퀴가 눈앞을 덮고 광야를 헤매다가 터덜터덜 돌아오는 비루먹은 불쌍한 말." 그래서 자기 아버지의 모습을 투사한 '공터에서'의 아버지 이름이 마동수馬東守다. 그는 아버지의 시대를 공터로 보았다. 주택과 주택 사이의 버려진 땅, 아무런 역사적

구조물이나 시대가 안착될 만한 건물이 들어서 있지 않은 곳이다. "돌이켜보면 지난 70년 동안 가건물 위에서 살아왔다 싶고, 그런 비애감과 연결되는 제목이 '공터에서'이다… 남루한 사람들의 슬픔과 고통에 대해서 말하고 싶었다"는 것이 그의 창작의 변이다.

시대를 조망할 안목을 키울 여력은커녕 살아남기에 급급할 수밖에 없었던 사람들은 막연한 안갯속을 더듬어 그것이 무엇이든 무조건 움켜쥐고 뛸 수밖에 없었다. 희미한 빛을 찾아 숨 가쁘게 달려오면서 모종의 가치관이 얻어걸렸다고 할 수 있다. 시류 타기나 적당주의, 타협 같은 것에 매달린 사람들도 있고 먼 기대에의 포부가 앞선 탓에 발치의 돌부리에 걸려 넘어진 사람들도 있다. 나의 아버지는 소설가의 아버지보다는 훨씬 운이 좋아서 무난했다고 할 수도 있지만 뿌리 없이 흔들리며 가건물을 얼기설기 혼자 힘으로 지어야 했기는 마찬가지였다.

1950년 6월 25일에 발발한 한국전쟁은 역사적 비극이다. 그러나 나를 포함한 전후 베이비붐 세대의 대부분은 그 전쟁 덕분에 세상에 태어날 수 있었다. 나는 '만약에'라는 단어를 싫어한다. 허망함을 자극하기 때문이다. 어쩔 수 없는 상황, 되돌릴 수 없는 것에 대한 감정적 찌꺼기라고 생각한다. 그러나 '만약에'를 들먹이지 않을 수 없는 경우가 있다. 만약에 전쟁이 나지 않았더라면 나의 아버지는 군인이 될 기회를 잡지 못했을 것이다. 참전으로 아버지는 척박한 가난 으로부터 탈출할 수 있었다. 전쟁이라는 시대의 비극이 아 버지에게 삶의 돌파구를 열어주었다는 것, 이것이 아버지 생 의 첫 번째 아이러니다.

재산을 산판 사업으로 탕진한 부친과 열 명의 형제들 가운 데 강원도 대관령 골짜기, 첩첩산골에서 어린 그는 늘 배가 고팠다. 군대에 가면 흰 쌀밥을 먹을 수 있다는 소문에 이끌 려 20살의 청년은 단짝친구와 어울려 군에 자원했다. 9·28 수복 시 그의 부대는 함경도로 갔고 1·4후퇴에 간호군의 신 분으로 부대원을 따라 남하한 여자와 만났다. 남남북녀는 아들을 얻고 나서 결혼식을 치렀다. 5·16군부 쿠데타에서 젊은 소위는 말단의 자리를 차지했다. 그 인맥에 의해 전역 후에 수출드라이브 정책의 일원이 되어 종횡무진 바쁜 나날 을 펼쳤다. 더불어 경제적인 토대가 마련되었다. 70년대는 그 의 일생 중 가장 호황기였다. 당연히 철저한 박정희 정권의 추종자였다. 집안에서 한국적 민주주의나 토착적 민주주의 라는 말은 자연스러웠다. 물론 유신체제도 적극 찬양하였다.

비위와 넉살이 좋고 특유의 언변으로 남 앞에 서기를 즐겼던 아버지는 너털웃음이 호방했다. 얼렁뚱땅 돌아가는 사회 분위기에 편승하여 대학원까지의 학벌도 만들었지만 내실과 소신은 독학에 의한 것이었다고 볼 수 있다. 정신적으로나 현실에서나 아무 계통이나 토대를 갖지 못한 채 오로지 홀로 일어서서 일가친척을 이끌어야 했던 아버지. 남다른 적극성으로 대처한 당신의 무용담은 이런 것이다. 전쟁 통에 부역했던 친척들을 총살형 직전에 구사일생으로 구해 주었다. 병으로 죽은 사람을 근무 중 사망으로 처리해서 유족들이 연금을 탈 수 있도록 조치했다. 오발사고로 인명을 손상한 순경의 사건을 무마해 주었다 등등. 그밖에 많은 청년들의 군 면제를 주선했다. 이유는 그들이 군대에 가면 농사지을 사람이 없어서 식솔이 다 굶게 생겼다는 것이다. 이것들은 아버지가 자랑해 마지않는 순수한 정의감의 발로로서 추호의 의심도 없는 선행이었다. "그렇게 나는 내 일가붙이를 챙겼노라."

그런데 정작 군입대한 친아들에게는 아무런 손을 쓰지 않았다. 남의 자식은 다 봐주더니 정작 외아들에게 그럴 수 있느냐고 어머니는 울고불고했다. 하지만 아버지는 그 애가 농사를 지어야 하느냐 식구를 부양하느냐 특별히 봐주어야 할 게 뭐가 있나, 단호했다. 연줄을 대고 편법을 동원해도 그건 어디까지나 딱한 이들을 돕기 위한 방편이었을 뿐이고 사리

사욕과는 거리가 멀었다. 그런 주장에 동조하는 친척들 사이에서 아버지는 위세를 누렸다. 돈을 펑펑 쓰면서 그에 대한 자기합리화는 '재산 축적은 죄악'이라는 좌우명이었으며 그것을 청렴이라고 믿었다. 돌아가실 때까지 그 신념은 확고부동했다.

어렸을 때 처음으로 강릉 시내에 갔던 날, 중국집에서 풍기던 음식 냄새는 너무나 강렬했다. '이다음에 돈을 벌면 꼭 짜장면을 사먹을 거야.' 다짐했다. 그 소망의 끝에 아버지의 가족에 대한 애정표현은 늘 먹을 것을 앞세우는 것이었다. 특별한 음식을 즐기게 되면 훗날 어김없이 식구들도 데려가 별미를 맛보이곤 했다. 그 시절엔 가족외식문화라는 게 없었으니 아버지가 우리를 고급 음식점에 데려가는 일은 무척 각별한 것이었다.

그런데 배를 곯을 때도 먹을 것을 주는 사람보다는 공책과 연필을 주는 친척이 더 고마웠다. 탐식과 문구류의 사이만큼이 아버지 생의 두 번째 아이러니다. 현실의 욕망을 좇는 것과 정신적 가치를 추구하고자 하는 꿈, 원초적인 욕구와 심오한 이상, 그 두 가지의 상반된 꿈은 아버지의 한평생에서 부조화를 이루어 어느 때는 지극히 즉물적이고 어느 때는 지극히 이상적인 모습으로 나타났다. 아버지가 독학으로 구축한 사유의 세계는 어설프고 거친 가운데 보수와 진보의 개념이 섞이고 복고와 첨단이 섞이고 역사와 미래가 섞였다. 씨족사회와 개인주의가, 사회주의와 자본주의가, 전통 추구와 서구지향이 섞였다. 그렇지만 누구보다 멋있게, 즐기며, 열심히 살고 싶어 한 것만은 틀림없다.

언젠가 누군가가 아버지의 소싯적 꿈을 물었을 때였다. 소설가가 꿈이었다는 그 대답이 너무나 의외여서 우리는 한껏 웃음을 터뜨렸다. 그런데 나중에 곰곰 생각해보니 아버지가 문학에의 꿈을 지녔다는 것이 납득이 갔다. 단지 현실을 부여잡느라고 내면의 꿈을 추구할 새가 없었던 것이었으리라.

낭만처럼 신앙처럼 박정희를 숭배했던 아버지의 모습을 지난겨울의 태극기 부대의 열풍에서 본다. 살아계셨다면 태극기를 앞세우고 집회에 갔을까. "허구헌 날 죽만 먹었지. 그 죽을 다 합치면 아마 드럼통 몇 개는 채울 걸." 옛말하며 웃으시던 모습을 그려본다. 스스로 이룩한 삶을 대견해하는 만큼 그 노고를 대접해주지 않는 사회 분위기를 야속해 했을지도 모르겠다. 시대와의 불화와 단절에 대한 걱정을 잠시 미뤄두고, 미망의 안대를 벗은 냉철함이라든가 편견과 아집에서 벗어나기 등 기성체제에 대한 요청도 뒤로하고, 아버지 세대의 울분에 대해 고개를 숙인다.

마음이여, 정착하지 마라

　엄마의 일생이 결국 저 자그마한 보라색 배낭 하나로 남은 것인가.

　의식이 들락거릴 무렵 엄마가 마지막까지 소중히 여기던 배낭 안에는 지갑과 통장이 들어있을 뿐이었다. 지난 삶의 궤적을 알려주는 그 어떤 자취도 거기엔 없었다. 그나마의 의식마저도 혼곤해졌을 때, 내가 엄마의 얼굴에서 읽은 것은 이만큼 살았으니 이제 그만 내려놓고 싶다는 것이었다. 피곤하고 지루하다고 읽혔다. 지난봄에 이렇게 나의 엄마가 90년의 평생을 마감하며 조용히 이승을 떠났다.

　장례식에는 가족과 친척 몇 명이 모였다. 엄마의 막내딸, 나의 동생이 몹시 섧게 울어서 씻김굿을 대신하며 엄마를 배웅하였다. 나는 하염없이 흐르는 동생의 눈물이 떠나는 엄마의 넋을 위로했기를 바랐다.

엄마와의 송별 후에 유품을 정리했다. 엄마가 가진 것들은 보통 사람들의 것보다 훨씬 단출했다. 30년 전 미국에 이민해서 아버지와 10년, 홀로 되어 10년을 살았다. 10년 전 어느 날 내가 불쑥 말했다. 일 년에 한 번 비행기 타는 것도 힘든데 아예 한국으로 돌아오실래? 그래! 두말없이 뒤돌아보지 않고 귀국하여 미국 시민권 반납하고 한국 국적을 회복하였다. 여러 번의 이동 과정에 많은 짐을 이미 떨궜다. 남긴 자취가 간소하다 보니 산다는 것이 참으로 허망한 것이라는 생각이 엄습했다. 이토록 사소하고 보잘것없다니.

엄마는 어려운 현실을 이겨나가는 방편으로 몇 년 앞을 항상 긍정적으로 이야기했었다. 5년 후면 좋아질 거야. 좋은 시절은 오지 않았고 호시절은 다시 또 다른 5년 후로 유예되었다. 급기야는 아버지의 사업이 망해서 무일푼으로 이 땅을 떠나면서도 낙심의 표정은 짓지 않았다. 청승스럽게 한탄하거나 원망을 늘어놓는 것은 가장 엄마답지 않은 것이었다. 그러한 낙천성 덕분에 말년에 이르러서는 삶에의 애착도 유감도 없었다. 나는 엄마의 그 가뿐한 성정을 물려받기를 바란다.

밤늦은 시간에 베란다에 나갈 때면 발밑의 민달팽이들을 조심해야 한다. 이들은 타일 바닥을 기어 다니다가 아침이면 화분 속으로 숨는다. 느리게 느리게 움직이는 민달팽이의 출몰은 살려는 의지를 보여준다. 어느 때는 길을 잃기도 하는 것 같다. 그럴 때는 종이나 나무젓가락으로 가볍게 떠서 화분 안에 떨궈준다. 그런데 어느 날, 달팽이 한 마리 생을 다하고 죽어 있었다. 흐물거리는 몸을 화분 속에 넣어주는데 흙 속에서 새싹 한 잎이 어여쁜 연두색을 삐죽 내밀고 있었다. 이 좁은 공간에서도 생과 사는 늘 엇갈린다. 생명의 지에의 경외감으로 돌아가신 엄마로 인한 허무감을 가라앉히는 순간 갑자기 곰스크가 떠올랐다. 삶의 막막함에 대한 소회가 그 이름을 소환했으리라.

이제 막 결혼한 신혼부부가 기차를 타고 여행길에 오른다. 목적지는 곰스크. 이 도시는 남자가 어릴 적부터 아버지로부터 들어온 곳으로 그곳에 가기 위하여 그는 가진 돈을 몽땅 털어 기차표를 장만한다. 그러나 여행 중 우연히 내리게 된 작은 마을에 발이 묶인다. 아내 때문이다. 이 마을을 떠나지 않으려는 아내와의 갈등 끝에 결국 남자는 곰스크로의 꿈을 접고 만다.

남자의 기차와 대비되는 상징은 아내의 안락의자다. 기차는 목적지가 있는 여정을 의미한다. 그런데 아내는 이런저런 핑계로 그 여정을 회피한다. 아내가 장만한 안락의자는 생활인의 현실 안주를 나타낸다. 남편은 꿈을 찾아 기차를 타고 떠나고 싶다. 아내는 안락의자에서 평화로운 일상에 머물고 싶다. 곧 아이가 생겨나게 되고 남자는 작은 마을에 눌러앉는다. 정원이 딸린 조그만 집에서 부인과 아이들과 그럭저럭 살아간다. 하지만 때로는 기어이 놓치고 만 기차에 대한 애석함이 그를 사로잡고 그러면 그는 홀로 다락방으로 숨어든다.

많은 이들이 짧은 단편소설 〈곰스크로 가는 기차〉의 여운에서 놓여나지 못한다. 이 조용한 휘둘림의 정체는 무엇인가. 소설에서는 마을의 이름도 없고 남편도 아내도 아무도 자기 이름을 밝히지 않는다. 실명은 오로지 곰스크 하나만 등장한다. 먼 곳, 그래서 볼 수 없는 곰스크는 이름이 있고 현실에 나타난 모든 존재들은 이름이 없다.

곰스크에 가려고 한 남자가 그곳에서 어떻게 새 삶을 일굴 것인지 무엇을 추구하려 했는지 구체적인 계획은 모른다. 그래서 오히려 열린 해석이 가능하다. 누구나 자기 처지에서 '나의 곰스크'를 꼽아볼 수 있는 것이다. 곰스크는 많은 것을 상징한다. 현실에서 벗어나 새로운 삶에 도전하기, 꿈과 이상을 추구하기, 미지의 이상향에 대한 동경 등 무엇이라도 대입할 수 있다. 만약에 남자에게 구체적인 청사진이 마련되어 있었다면 그는 곰스크로 가려는 계획을 포기하지는 않았을 것이다.

생각해보면 우리의 꿈이라는 것은 애초에 그 막연함에 기원한다. 꿈이 없는 것은 아니지만 꿈의 정체가 모호하다. 확실한 목표를 세우고 일로매진하여 성과를 이루는 소수의 사람들이 있다. 그렇지 못한 대부분의 어정쩡한 우리들은 모두 곰스크로 가는 기차를 기다리다가 마는 사람들이다.

매양 떠나고 싶어 하면서 한편으로는 한자리에 머물고자 하는 우리. 한사코 홀로 있게 되기를 소망하는 반면, 사랑이라는 이름으로 진정한 대화를 갈구하며 끊임없이 인간의 품을 그리워하는 우리. 인연의 고리로부터 훌훌 벗어나고 싶어 하는 한편, 떨쳐내지 못할 집착에 연연하여 한없이 전전긍긍하는 우리.

엄마는 말했었다. 나는 다음 생에는 새가 되고 싶어, 여기저기 훨훨 마음껏 날아다니게. 엄마에게도 '나의 곰스크'가 있었겠지. 나는 앉은 자리에서 곰스크를 꿈꾼다. 날아가는 새야. 너의 날개를 맘껏 펼치렴. 나는 날개 대신에 나의 팔을 마음대로 휘두른다. 바람을 일으키는 소맷자락 사이로

알량한 자유가 들락거리며 언저리에 머물러 나를 즐겁게 한다. 지금, 여기, 양명 명랑한 하루를 연다. 억압과 강제가 없는 자유로움 속에 과도한 미래지향을 내려놓기를 오늘도 가만히 나에게 청한다.

삶은 그 형식에 있어 절제와 절도를 미덕으로 하고 살아라. 그러나 삶의 내용 즉 정신은 안주하지 말고 마음껏 자유롭게 비상하라. 마음의 방랑을 멈추지 마라.

그러니 마음이여, 끝내 정착하지 마라.

더 아름다워지는 꽃

꽃을 보며 '아름답다'고 말한다. 그 순간 꽃은 파르르 더 아름다워진다. 사랑하는 이에게 '사랑한다'고 속삭인다. 살풋, 사랑은 한 겹 더 깊어진다. 생각이나 느낌은 말로 되어 나올 때 비로소 온전함의 광휘를 입는다. 그런데 어느 때는 생각보다 말이 앞장을 서서, 말이 먼저 나오고 생각이 그 뒤를 따라오기도 한다. 이때의 말은 어떤 선험적 예지력을 지닌다.

언어의 파장과 울림에 의한 의미의 확장. 그것을 공유하고자 하는 욕망의 터가 곧 문학이 아니겠는가. 귓가에 떠돌고 입안에 맴도는 편린들에 항상 흡족한 것은 아닐지라도, 그래도 말이 있어 참 다행이다. 역시 언어는 존재의 집이다.

그러면 '별이 아름답다', 그러한 감수성으로써 그득함에 더할 나위가 없을 것인가. 나의 별은 반짝이는 존재 너머 행성, 항성, 광속, 우주, 그 궁금증에 나를 닿게 하려고 애쓴다. 별이 단지 아름답게 반짝이는 존재이기만 한 것은 아니라는 것, 그것이 나의 고민이다. 그렇게 수필하는 나의 마음은 시인의 서정만으로는 부족하여 거기에 무엇을 더 얹으려 한다. 관조자의 심미와 탐구자의 분석을 어떻게 조화롭게 유지할 것인가, 높은 지성과 깊은 정서를 희망하지만 그 진폭은 한없이 아득하다. 그래도 세상은 때로 초롱초롱한 눈으로 바라볼 가치가 있다. 눈물 그렁한 눈으로 바라보는 세계가 아련히 아름답긴 하지만.

예술의 길이란 것이 결국은 확대되는, 또는 응축되는 자아 가운데 생각이든 감정이든 느낌이든 진실을 전달하고자 하는 마음의 격정을 나타내는 것일 것이다. 그러나 그 표현의 막막함 때문에 사진작가는 화가를 화가는 작가를 작가는 음악가를 음악가는 무용가를… 부러워한다. 무한가능에 무한도전이다. 그 많은 자기 승화의 도구들 중에 문학이, 수필이 오롯하다.

이렇게 언어가 우리에게 주는 능력 속에서, 고양된 영감과 출렁이는 느낌이 표출되는 것과 철리에 경도된 사념이 표출

되는 것 사이, 즉 정서와 사유 사이, 격정과 사상 사이, 충동과 반성 사이, 그리하여 감성과 이성 사이에 놓이는 것이 수필 아닐까.

그런데 아직도 나의 시선은 창공을 가르는 새의 몸짓보다는 '실존은 본질에 선행한다' 류의 글귀에 더 많이 머물러 있다. '나'를 의식하고 '나'를 주지하려는 존재의 부대낌인 관념의 보푸라기를 잔뜩 묻힌 채, 난해시로부터 서정시로의 중간지점에 나의 시심은 놓여있다. 건조한 이성 우위에 감성의 물기가 점차 스며드는 모양새다. 추상의 환으로부터 구체적 감촉까지의 그만큼의 정신적 거리 이동은 일종의 역주행이랄 수 있는데, 들이대는 잣대에 따라 성장, 체념, 후퇴, 포기 같은 단어들로 환치되기도 한다. 여기까지가 수필을 만난 후 내게 온 변화다.

주변에서 글을 써보라는 권유가 있을 때마다, 나는 농 반진 반으로 "나무와 풀 이름을 몰라서 안 된다"라고 하였다. 그러다가 글을 쓰게 되었다. 동경하던 세계였으니까. 그런데 더듬거리며 글을 쓰다 보니 내가 모르는 것은 나무 이름 풀 이름만이 아니었다. 그렇건만 할 말은 더 많아졌다. 모르는 게 많으면 할 말이 많아진다는 것을 알게 된 건 새로운 발견이다.

이왕 내친걸음이라 모르던 것을 알아가기 위해 꽃도 보고 나무도 보며 천천히 걷고 있다. 그러다 보니 곱고 청아한 새 소리도 들린다. 모습은 감춘 채 소리만 들려주는 새들로부터 나름의 지혜를 배우는 중이다. 한꺼번에 많은 것을 알려고 하지 마라. 주는 대로 받고 다가오는 대로 느껴라. 새의 음색으로 미루어 생김새는 이러이러하겠거니 섣부르게 지레짐작으로 넘겨짚지 마라. 모르면서 알아가는 것, 지금까지는 암중모색의 묘미가 쏠쏠하다고나 할까. 그러나 그다지 신통할 리가 없는 졸속의 학습과정에서 목숨까지야 걸었겠는가. 최선을 다하지 않으니 딱 그만큼 밖에는 건져 올리지 못하는 소출을 섭섭해 하면 안 된다.

스스로가 약간은 뻔뻔하고 약간은 딱하다. 그래도 나의 알아가려는 정성과 납득하려는 노력 그리고 어설픈 성과가 꽤 많이 기특하다. 그래서 나는 이렇게 생각하게 되었다. 모른다는 것이야말로 나에게 희망이다. 모르는 것이 많을수록 희망은 더 커지는 법이다.

재능과 노력. 좋기로야 뛰어난 재능에 피나는 노력이라. 그런데 어쨌든 노력 이전에 재능이다. 특별한 경험이 어우러진다면 금상첨화다. 그러나 나의 글쓰기는 타고난 재능으로 술술 써내려가는 신명에 의한 것은 아니다. 쓰지 않으면 견딜 수 없는 천형을 짊어진 것도 아니다. 게다가 지금까지의 내 인생의 서사구조는 평범과 단순, 그 이상을 벗어나지 않는다. 그러므로 나는 그저 곰곰이 그러모은 생각의 갈피를 소중하게 펼칠 수 있는 장이 덥석 반가워, 한 땀 한 땀 수를 놓아가는 마음자세를 가져보는 것이다. 결 고운 비단을 장만하여 수를 가득 다양한 문양으로 채워보겠다고, 그러면서 나름의 분위기를 지녀 조화를 이뤄보겠다고 공을 들인다. 그런데 가만 들여다보니 시절이 빗겨 간 복고풍의 패턴이 맘에 걸린다. 어쩔 수 없는 한계를 염려스럽게 보듬는다.

어쩌면 내가 아끼는 것은 다 이런 식이다. 오방색 명주실 올올의 동양자수가 화려한 검은 공단이건 오묘한 쟈가드 문양의 다마스카스 실크건 이도저도 모두 유행 지난 천 조각이다. 아름다우나 구태의연하고 소중하나 거추장스럽다. 그래도 치렁치렁한 고풍의 옷자락을 길게 끌며 조심조심 발걸음을 옮길 때, 사그락사그락 비단 스치는 소리가 감미롭다. 이 소리에 가만히 귀기울여주는 사람들을 더러 만나 둥근 이마를 맞대고 따스한 가슴을 나누며 고전적 아름다움을 위한 송가를 즐긴다. 수필과의 만남이 소중한 만큼, 아니 그 이상, 수필을 통한 만남을 생각한다. 귀한 인연, 이만큼의 선물이라니.

자존과 시심과 꿈과 자유 등의 단어들을 곁에 두고 글을 쓸 수 있다는 건 분명 즐길만한 행운이다. 나아가 습작을 넘어 작품을 만들고자 하는 바람을 품지만 끝내 바람에 머무른다 해도 그로써 족하다. 고독 속의 충만함, 세상을 향한 착한 호기심, 아름다움 속에 깃드는 슬픔, 그 가운데 정화되어가는 나의 사랑. 이렇게 고요한 기쁨을 안겨주는 수필 정경 속을 느릿느릿 소요한다. 그러다가 어쩌면 나는 고색창연한 중세의 성채를 조용히 걸어 나와, 몇 세기의 전설을 품고, 티타늄의 세련된 광택이 멋진 마천루로 단숨에 건너갈 수 있으리니.

2부

푸른 방

그대, 내 사랑에 감읍하지이다

청어, 인체가 지니지 못한 푸른색을 듬뿍 가졌다.

푸른 물고기 떼, 청정물결 깊은 바다 군무는 꿈결처럼 현악의 선율로 흐른다. 뽀그르르 공기방울 흩뿌리며 모여들다 흩어지는 유연한 춤사위는 무수한 곡선의 향연이다. 가는 듯 오며 오는 듯 가는데 멈출 듯 휘돌아 어지러운 듯 일사불란하여 자유자재의 극치이다. 가느다란 유선형의 몸피 속 투명한 유지는 부드럽게 흐르건만 가냘픈 몸 안쪽 억세지도 날카롭지도 않은 촘촘한 가시가 가지런하다. 그 이름 헤링본은 섬세한 무늬결과 폭신한 촉감을 자랑하는 양모의 따스한 문양이다.

청어는 북태평양 검푸른 심해에서 차가운 수온을 즐기며

깊은 수심을 가르며 유영한다. 그 모습에는 고독한 평화와 망망한 자유가 스친다. 적막과 적요. 그러다가 겨울이면 동해를 찾아와 비로소 푸른 하늘을 본다. 암초들이 많은 연안으로 떼지어 몰려와 무성한 해조류에 산란하며 사랑을 품는다. 봄이 지나면 다시 북으로 북으로 간다.

숭고한 진리의 청색은 등에서 짙푸르고, 무구한 순결의 은백색은 가슴에서 희디희다. 심해에서 차가운 지혜를 길었으니 푸른 등은 진리의 각인이고, 공중에서 뜨거운 사랑을 섬겼으니 하얀 가슴은 사랑의 문신이다. 유유히 활주하던 자유와 평화의 꿈, 멀리 사랑을 찾아 길을 떠나던 자취, 지심한 바다에서 수면으로 올라 드넓은 하늘로 솟구치던 비약, 우주를 품었다.

이러한 청어의 미덕은 낱낱이 인류에게 공헌한다. 소금에 간간하게 엇절여 연기에 그을리면 훈제청어, 찬 바닷바람에 꾸덕꾸덕 말리면 과메기[貫目]가 된다. 북에서 남으로 긴 여정 번갈아 오가며 축적한 다양한 삶의 무늬가 담긴 풍부한 향유는 그중에도 각별하다. 오메가3라는 이름으로 인간의 두뇌에 필수영양소를 제공한다. 그리고 희고 둥근 비누의 몸을 받아 향기를 얻어 거품으로 세상에 녹아서 자신을 살아낸다. 청어의 꿈이 오랜 염원의 노래에 어린다.

최고의 비누는 가장 좋은 유지와 가장 좋은 물에 향기를 더하여 완성된다. 물과 기름은 원래 섞이는 것을 거부한다. 그러나 비누 속 계면활성제는 이질적인 존재들의 팽팽하게 긴장한 표면장력을 줄여 서로를 섞게 해준다. 혀끝에서 달콤하게 부서지는 아이스크림에서, 여인의 피부에 고요히 스며드는 화장품에서 물과 기름은 은근한 조화를 이룬다. 모든 섞일 수 없는 것들이 경계를 부수고 드디어 스며드니 정화되고 승화하여 순결한 모습을 이룬다. 오묘한 조화의 한가운데 초월의 경지를 체현한다. 그래서 아이스크림과 화장품과 비누는 모두 우윳빛 흰색이다.

승화에의 염원, 우리의 사랑도 또한 그와 같지 아니한가.

비누는 세상의 때를 보듬어 제 몸을 섞어 상대를 녹인다. 불순한 흔적은 슬픈 운명의 탕아로 자라나 온갖 얼룩진 자취를 묻힌 채 이리저리 헤매면서 굴린 멍자국이 가실 날이 없다. 비누는 청정수에 잠겨 기꺼이 그 상처를 감싼다. 바다에서 품은 사랑을 펼치고자 눈물 아롱아롱 아프게 몸을 부순다. 가장 순수한 것이 가장 누추한 것을 받들어 출렁임의 풍성한 거품에 싸여 상대를 이끌어 한 몸이 된다. 향기로운 비누나 먼지 얹은 속진이나 원래는 같은 존재로 다 같은 물과 기름이다. 때의 물기와 기름기를 비누의 물기와 기름기가 만났으니 다른 모습 속에 동질성을 감추고 있다. 금강석으로만 금강석을 자를 수 있듯이 기름으로만 기름을 녹일 수 있다. 지혜와 온화함으로 거칠음을 이기고 겸손과 희생으로 완고함을 걷어낸다. 물은 대양이 되어 그러한 화합의 열의에 동참한다.

헌신에의 기대, 우리의 사랑도 또한 그와 같지 아니한가.

기쁘게 그대 안으리, 일념으로 열중할 때 비눗방울 속 가득 찬 공기가 사랑의 찬가를 부른다. 아른대는 수백 개의 무지개 환영이 방울방울 영롱하다. 무지개를 낳던 갈망은 드디어 절정에서 터진다. 황홀한 세계가 열린다. 흘러가며 사라지는 존재, 허물어지며 쌓는 온축, 허공 속에 자리잡는 충만함 가운데 무화의 발걸음이 가볍다. 소멸의 아름다움이 찬란하다. 온전한 합일이다. 마지막 한 방울이 터지고 말면 축제의 끝, 드디어 나른한 평화가 향내로 남는다.

합일에의 갈망, 우리의 사랑도 또한 그와 같지 아니한가.

비누거품을 내는 것은 꿈을 되새기는 일. 비누는 본연의 임무에서 오래도록 멀리 있으면 안 된다. 물기를 잃으면 저

절로 말라 균열이 생기고 거품도 제대로 일지 않는다. 눈에서 멀어지면 마음에서도 사라지는 법, 쓰지 않으면 굳어버리는 터. 그러니 굳어 균열이 가지 않도록 아끼지 말고 거품을 즐길 일이다. 닳고 닳아 셀로판지처럼 얇아질 때까지, 그리하여 자취를 버리고 혼연일체되어 사라질 때까지, 기꺼이 소진시키리라. 스스로의 형체를 부정하며 자기 몸을 버려 세상을 구원한다. 마침내 찾아낸, 마침내 찾아온 사랑.

아낌없는 소진, 우리의 사랑도 또한 그와 같지 아니한가.

비눗방울 흐르고 흘러 청어의 꿈, 다시 푸른 바다에 이르다.

그래서, 너를 본다

봄, 보다.

봄은 진정 '보다'에서 유래하였는지도 모르겠다.

생명은 움직임이다. 봄에 그 움직임이 가장 분주하다. 자연이 펼치는 아름다움에 눈을 떠 삶의 경이로움을 찬탄한다는 의미로 이 계절의 이름이 봄이 되었다고 한다. 겨우내 앙상하던 나무들의 우듬지까지 물이 오르면 먼 산의 나무는 뽀얗게 연두색의 안개 같은 후광을 둘러 잔가지의 윤곽이 아련히 번져나간다. 그러면 물기 머금은 샛바람은 꽃의 향연을 예고하고 세상은 청신한 신록에 포근히 안긴다. 동토를 견딘 나무에 새 움이 트는 정경은 해마다 새롭다. 마냥 겪는 신비다. 모든 생명이 탈바꿈할 때, 그 변화를 지켜보는 눈이 있으니, 봄을 맞아 봄을 본다.

본다는 말에는 무한정의 의미가 담긴다. 나는 너를 알고
싶다. 마음을 다하여 이해하고 싶다. 볼 때마다 너는 새롭
다. 언제나 처음이다. 아마도 나는 너를 아주 많이 깊이 사
랑하게 되었나 보다. 너를 본다. 찬찬히, 오래.

바람, 바라다.

세상의 욕망이 충족되면 부산하던 대기는 잠시 움직임을
멈춘다. 그러나 만족의 순간은 짧고 새로운 욕망이 새록새
록 몰려온다. 대기는 심부름꾼, 안주를 거부하는 '바람구두
를 신은 사나이'들에게 끌려다닌다. 정착을 모르는 대기 속
에서 욕망의 부대낌에 따라 나부끼며 옮겨 다니는 숙명을
지닌 바람은, 스스로는 모습을 나타내지도 못하고 다른 존
재를 통해서만 실체를 감지하게 한다. 그 얼마나 간절한 바
람이기에 형체도 나타내질 못하는가.

오늘은 바람이 세차다. 누군가의 유랑의 갈망이 이리 몰
아치나 보다. 나는 이 바람을 속절없이 겪어낸다. 휘둘린다.
웃음이었다가 울음이었다가 때로 섬세하게 때로 광포하게
내면을 떠도는 안간힘, 꿈.

우리들 마음의 행로는 이리저리 뒤척이는 바람을 닮았다.

눈에 보이지 않고 만질 수 없는 바람은 그래서 은밀한 충동
과 자유로운 영혼의 비상과 미지의 세계에의 열망에 대한
환유로 그 역할을 충실하게 하고 있다. 모든 일탈은 다 바람
이다.

바다, 바라보다.

겨울 바다를 앞에 두어본 적이 있는가. 폭풍 가운데도 아
닌데, 심청색의 퍼런 물빛은 넘실거리며 나를 향해 몸피를
부풀려 시야 한가득 솟구친다. 살아라. 잘 살아라. 열심히
살아라. 시퍼렇게 깨어 있어라. 그렇지 않으면 용서하지 않겠
다. 바다는 으르렁거리며 협박한다. 은빛 날개의 갈매기 끼
룩거리고 알 수 없는 기쁨으로 내 마음도 저 높은 파도마냥
한껏 부푼다. 오싹한 희열이다. 희망의 모습은 그래서 늘 겨
울 바다 저 먼 수평선의 시린 눈부심이다.

'바다'의 옛말이 '바라'라고 한다.

그러니까 바라본다는 것은 바다를 본다는 것이다. 바라본
다는 말은 못 가 본 곳에 대한 동경과 다다르지 못한 것에
대한 희망과 멀리서 오고 있는 미래에 대한 기대로 우리를
들뜨게 하는 힘을 지닌다.

파도에 씻겨 깨끗한 흰 모래, 부서진 조개껍질의 한살이를

즈려밟고 오래도록 바다 앞에 서서 바다를 본다. 바라본다.

　사람, 그리고 사랑.

　사람과 사랑의 모양이 비슷한 이유가 있다. 사랑이 없으면 무가치한 것이 사람이기 때문이다. 나는 너에게로 나아가고자 한다. 네 속에 들어가고 싶다. 너를 채워 공허함을 지우는 나, 내 안에서 비로소 온전해지는 너. 너를 위해 내가, 나를 위해 네가 존재한다. 그래서 나의 글자 모양은 밖으로 향하고 너의 글자 모양은 안으로 향한다. 나의 방향성은 원심력을 지향하고 너의 방향성은 구심력을 추구한다. 그리하여 나의 유아독존에서보다 오히려 너라는 타자 속에 나는 더 많이 들어가 있다.

　사랑이란 나를 벗어나 너에게 닿으려는 마음이다. 우리는 간절하게 사랑이 필요하고 늘 사랑에 목마르다. 나는 한숨지으며 너라는 존재를 향해 그 반향을 기다린다. 네 눈에 비친 나의 모습 앞에서 내가 행복할 수 있으리라는 기대는 과연 온당한가. 도달할 수 없는 희망이라는 이름의 절망, 산다는 것.

봄과 바람과 그리고 바다.

모두 구체적인 사물과 현상을 이야기하는데, 그에서 연상되는 '보다, 바라다, 바라보다'는 어떤 대상성을 추구하지만 어느 정도 모호한 개념을 내포한다. 그 말들이 인생의 오묘한 추상을 거느린다. 현상에 기대어 관념을 말하는 언어 속에 삶의 지향과 모순이 갈등하며 수군거린다. 진실을 품는다.

그 속에 들어앉아 있는 나와 너, 우리. 사랑하는 사람들.

언어는 꿈꾼다, 오늘도 그리고 또 내일도.

도화산촌

첩첩산골이다. 뒤로는 소나무 듬성듬성한 기암절벽, 앞으로는 여유롭게 휘돌아 흐르는 강줄기, 그 가운데 작은 마을이 포근히 안겨있다. 복숭아나무들에 둘러싸인 마을 앞자락엔 길게 짧게 고랑 진 밭이 옆으로 모로 어깨를 부비며 기지개를 켠다. 나는 지금 소정小亭 변관식의 〈도화산촌桃花山村〉을 보고 있다. 때는 바야흐로 봄, 무채색의 수묵화 속에서도 복숭아나무 구부러진 잔가지에 연분홍 꽃잎이 하늘하늘 내려앉는다.

그림 상단 왼쪽에 이백의 〈산중문답〉이 달필로 씌어있다.

問余何事棲碧山 어찌하여 청산에 사느냐고 하기에

笑而不答心自閒　웃으며 대답하지 않으니 마음 절로 편안하다

桃花流水杳然去　시냇물에 복사꽃 동동 아득히 흘러가니

別有天地非人間　속세를 벗어나 별천지라네

　그런데 '별유천지비인간'을 말하면서 소정은 그림 속에 마을을 그려 넣었다. 왜 그랬을까? 집이 하나, 둘, 셋, 넷, 다섯, 여섯, 모두 여섯 채다. 집은 또 왜 하필 여섯 가구일까? 가만히 들여다보노라니 알아지는 게 있다. 그래, 풍진의 바깥세상에 담 쌓고 이 산골에 숨은 듯 들어앉아 어우렁더우렁 한세월 보내려면 여섯 집 정도는 서로 이웃하여 살아야 할 것이다. 그러면 나는 어느 집에 살까. 사랑채, 안채 갖춘 기와집보다는 아무래도 그리 크지 않은 저 삼간 초가집이 좋겠다.

　19세기의 소로는 2년을 월든 숲속에 홀로 은거하였다. 그러나 그는 『월든』을 통해 그토록 찬양해 마지않았던 숲속의 생활을 단 2년 만에 접고 도시로 가버렸다. 그리곤 다시는 숲으로 돌아가지 않았다. 왜 오래 못 버티고 그곳을 떠나야만 했을까. 만약 혼자 살지 않고 여섯 채 정도가 이웃하여 살았더라면 오래도록 그곳에 머물 수 있었을까.

僧乎莫道淸山好　　저 스님아 산이 좋다 하지 마오
山好何事更出山　　좋다면서 왜 다시 산을 나오나
試看他日吾踪跡　　뒷날에 내 발자취 두고 보시오
一入靑山更不還　　한 번 들면 다시는 돌아오지 않으리.

　소로보다 천 년을 앞서 살았던 최치원의 가르침이다. 뭔가를 좋다고 말하려면 그만큼의 철저성이 있지 않으면 곤란하다. 자연은 최치원에게는 필요충분조건을 갖춘 대상이었겠으나, 소로에게는 그렇지 못했던 것 같다. 물론 아름다운 자연은 우리를 위로한다. 온갖 인위적인 것이 제거된 소박한 자연의 상태에서 맞이하는 잠시의 고독과 적요 속에 우리의 마음과 정신은 맑게 정화된다. 그러나 결국 인간은 인간으로부터 비로소 진정한 위안을 얻는다. 하다못해 절대고독 속에서 도를 닦는 선승들에게조차도 도반이 필요하지 않던가.

　하긴 고립을 자초하여 사는 게 편안한 사람들도 간혹 있다. 길을 가노라면 산자수명山紫水明한 경치 속에 외딴집 한 채가 그림같이 들어앉아 있는 정경이 드물지 않다. 지나는 길손에겐 더러 쓸쓸한 소회가 여로에서의 운치를 선사하기도 하지만, 주변에 인적이 없어 나는 괜히 걱정이다. 밤중에

깜깜할 때 무섭지 않을까, 불시에 사고라도 생기면 인가가 멀어서 어쩌지, 그러면서 생각한다. 저 집에 사는 사람은 복잡한 인간세상이 지긋지긋하게 싫은가 보다.

道不遠人人遠道 山非離俗俗離山
도가 사람에게서 멀어지는 것이 아니라 사람이 도를 멀리하는 것이며,
산이 속을 떠나는 것이 아니라 속이 산을 떠나는 것이다.

임제林悌는 무위無爲의 자연과 유위有爲를 향해 치달리는 인간 사이의 부조화를 말한다. 소정은 아마 그를 해소하고 나아가 산과 속을 아우르는 이상적 상태를 맞이하고 싶었는지 모르겠다. 최치원의 경지는 어렵고 소로의 홀로서기는 실패한 셈이니, 소정의 〈도화산촌〉쯤이 우리들 마음의 길잡이가 되어줄 수 있을 것이다. 심산과 속세, 자연과 인간이 함께 어우러져 조화를 이루는 참다운 이상향의 모습을 그려본다. 산에도 안기고 세속도 품고.

〈도화산촌〉은 곧 소정이 자기 식으로 표현한 무릉도원이다. 무릉도원이 이상향인 이유는 그곳이 지복을 누리는 곳이어서가 아니라 인간 조건을 뛰어넘는 절제의 차원 높은 도덕률이 존재하기 때문이다. 이상적 공산사회로 묘사되는 이

곳에서 사람들은 경작할 여유가 있어도 잉여생산물을 만들지 않는다. 남아도는 재물은 축적이 필요하고 여분의 저축은 소유욕을 부추긴다. 그러므로 욕심으로 인한 개인적 이기주의를 원천 차단하는 장치가 필요하다. 소비할 만큼만 생산하는 안분자족安分自足의 자세에서 정신적인 여유가 생겨나는 곳, 그리하여 마음의 평화가 찾아드는 곳, 그곳이 바로 동양적 이상향, 무릉도원이다.

경작의 여유를 포기한다는 것은 이즈음에는 가능한 일도 아니다. 더 높이 더 멀리 더 강하게 더 빠르게 더 많이 더 크게…, 지금은 그러한 역동성의 시대다. 그렇지만 그럴수록 오히려 욕심을 제어하려는 자세는 대단한 의미를 가진다. 경쟁과 변화와 발전을 지향할수록 사람들은 그 반대의 가치, 평화와 느림과 회고의 정서를 그리워하기 마련이다. 경쟁과 평화는 인간이 추구하는 상반된 가치여서 공존은 어렵거늘 서점에는 남보다 앞서가는 방법을 제시하는 책들 옆에, 많은 것을 쟁취하고 소유하는 것이 행복해지는 길인 것만은 아니라고 타이르는 책이 자리를 나란히 한다. 어쨌든 소유(to have)가 아닌 존재(to be)의 마음 자세를 배우는 노력을 기울이는 것은 힘든 만큼 가치 있는 것이니, 실천의 염은 못 품더라도 그에 대해 생각만이라도 가져보는 것은 대견하다고 할 만하지 않겠는가. 〈도화산촌〉은 내게 마음을 비우는 것이 마음의 이상향을 지니는 법이라고 나직이 들려준다.

사실 〈도화산촌〉에서의 옹기종기 작은 마을풍경은 산 첩첩 물 첩첩 시골길 나서면 어디에서나 심심치 않게 만날 수 있다. 그런 경치를 대하면 마음에 아늑한 평화가 깃든다. 그렇다고 이곳에 사는 사람들이 부럽다, 이 사람들과 내 처지를 맞바꾸고 싶다, 모든 것 훌훌 털고 이곳에 와서 살고 싶다, 그런 간절한 마음은 들지 않는다. 소로도 월든 연못가에서 제대로 충분히 행복하지 못하였기에 도시로 돌아갔을 것이다.

그렇건만 사람들에게, 특히 도시사람들에게 왜 『월든』은 끊임없이 회자되고 나는 소정의 〈도화산촌〉에 마음을 빼앗기는가. 그러니까 그 책과 그림이 우리에게 감명을 주는 이유는 우리가 실제의 그런 생활을 동경해서가 아니라 그런 마음의 풍경을 동경하는 때문일 것이다.

그럼 마음속의 경치는 왜 현실의 경치와 괴리를 보이는 것일까. 정작 우리가 보고자 하는 것은 현실이나 사실이 아니고 환상과 꿈이다. 그래서 사람들은 이 세상에 있지 않은 것이나 쉽게 가질 수 없는 것을 동경한다. 그러니까 저 그림은 내 마음의 풍경일 뿐, 내 눈앞에 실현하고 싶은 대상은 아니다. 그러기에 조선 중기에 정선鄭敾이 애써 구축한 진경산수의 세계는 그 맥을 면면히 잇지 못하고 이내 중국풍의 허풍스런 산수화로 되돌아갔다. 또한 현대의 극사실주의 그림들 앞에서 오히려 사람들은 비현실적이 되어 쩔쩔맨다. 오종종한 현실 그 자체를 일깨우는 것은 진실에 대한 각성제 역할을 하는바, 사람들을 곧잘 위축시킨다. 반면에 있을 법 하지 않은 풍경과 일어날 것 같지 않은 사연에 심취하게 되면 시시하거나 자질구레한 현실로부터 잠시나마 놓여나는 최면의 효과를 누릴 수 있다. 그래서 우연의 남발과 작위적인 설정이 판치는 파란만장의 드라마에 사람들은 눈물을 줄줄 흘리며 감동하며 카타르시스를 즐긴다. 〈도화산촌〉은 내게 현실 속에서 꿈을 잃지 않는 것이 나의 진실이라는 것을 일깨운다. 현실은 현실대로 소중한 내 삶의 자취이고 꿈은 꿈대로 귀한 내 마음의 행로이니.

이런 내 마음의 풍경을 〈도화산촌〉에 의탁하다보면 집이 여섯 채라는 것은 매우 의미심장하다. 서로 사랑하고 기대고 가까이 살면서도 한집에 모여 살지는 않는다. 그래서 여섯 가구는 가깝게 있되 다른 집과의 거리를 확보한다. 각자의 사생활을 지켜, 일상의 자질구레함 속에 그리움을 잠식당하게 하지 않도록 하는 인간 관계에 있어서의 운용의 묘가 보인다. 외로움은 거두고 그리움은 지니고.

타인과의 관계를 오래 지속하려면 서로에게서 너무 많은 것을 착취하려 들지 않는 마음 자세가 필요하다. 거리를 둔다는 것은 상대를 이해하는 폭이 좁다는 의미는 아니다. 오히려 상대를 한 독립된 객체로서 충분히 존중해주는 배려의 차원이 된다. 있는 그대로의 상대를 오롯이 인정하고 바라봐주고 놓아두는 것이야말로 상대를 가장 깊이 아끼는 일이 될 것이다.

경작의 여유를 접는 것이 무릉도원의 본모습인 것처럼 상대에 대한 소유욕을 살짝만 접으면 고즈넉한 마음의 평화가 찾아온다. 이때 비로소 찾아드는 상호일체감 속에 진실로 인간다운 격조 높은 사랑과 우정이 가능할 것이다. 그러면 우리는 상대의 기색을 살피지 않고도 그의 속내를 저절로 알게 된다. 경치도 멀리 떨어져서 바라보아야 전체를 조망할 수 있으니.

어느 음악가 남편과 소설가 아내의 부부가 있는데, 그 남편에게 한 기자가 예술가 부부여서 어떤 점이 좋으냐고 물었다. 그 대답이 걸작이다.

"특별히 좋은 게 뭐 있겠어요. 굳이 있다면 각자의 일에 바빠서 서로 간섭하지 않는다는 것 정도라고나 할까요."

일견 야박하게 들리는 그 말이 그래도 일리가 있다. 사랑하되 간섭하지 않으며 우정을 나누되 각자의 삶의 방식은 존중하는 것이 바람직하다. 상대의 마음을 가질 수 없다고 지레 포기한다는 것은 안 될 일이다. 그래도 일정한 거리가 사람들의 관계를 더욱 아름답게 만들어 줄 수 있다. 그에 대하여 쇼펜하우어의 고슴도치 이야기가 마음에 파고든다.

겨울에 고슴도치들은 서로 껴안고 몸을 녹여서 추위를 피하고자 한다. 그런데 그만 그들 몸의 길고 뾰족한 가시가 서로를 찔러대는 것이다. 그래서 가까이 할 수가 없어 서로에게서 떨어진다. 그럼 다시 춥다. 그리하여 그들은 노력 끝에 얼어 죽지도 않고 가시에 찔리는 것도 막을 수 있도록 밀착의 정도를 알맞게 조절할 줄 알게 된다. 이와 마찬가지로 우리도 인간관계의 친밀도를 염두에 두면서 동시에 개인의 독립성을 유지하기 위한 간격을 생각하는 것이 필요하다. 살아가려면 인간관계가 소중하지만 우리들 각자는 오롯이 개체적 존재가 되기를 원하기 때문이다. 관계에 있어 얼마만큼 밀착하고 얼마만큼 거리를 두어야 하는가의 문제는 인간의 조건과 한계를 반영한다.

추위도 피하고 가시에 찔리지도 않는 거리를 유지하는 것을 나는 〈도화산촌〉에 그려진 집 여섯 채에서 본다. 행복해지려면 마음으로 섬길 이웃을 그 정도는 두어야 할 것이다.

내게 필요한 마음의 이웃, 서로서로 기댈 수 있는 사람, 그들을 꼽아본다. 배고플 때 김 모락모락 나는 소찬을 성찬으로 차려줄 집, 발 시려 손 시려 할 때 두 손 잡아 따끈한 아랫목으로 끌어 앉힐 집. 심심하거나 외로울 때 마음 부빌 집, 내 눈물을 진주로 모아주는 집, 내 웃음을 모란꽃으로 피워주는 집. 내게 아주 은밀하고도 흐뭇한 비밀이 하나 생겼다. 무슨 좋은 일이 있어 싱글벙글하느냐고 누가 물을라치면, 웃으며 대답하지 않으니(笑而不答) 마음 스스로 넉넉하다.

당신에게는 배가 고파도 말이 고파도 정이 고파도 찾아갈 집은 오직 한 군데뿐이라고요? 아, 진정 그런 마음의 벗이 있다면 무인도에선들 못 살겠어요.

물수제비뜨는 소년

속삭이듯 잔잔하게 파도 이는 한적한 바닷가 모래톱에서 소년과 소녀가 함께 즐겁습니다. 바위산을 뒤로 하여 자갈이 흔한 해안, 소년은 작고 납작한 돌을 골라 한껏 몸을 낮추고 바다를 향해 돌팔매질을 합니다. 돌멩이는 물 표면을 가볍게 튕기며 수면 위를 날아 여러 번 낮은 포물선을 그립니다.

"일곱 번이나 튕겼네."

"아, 아니야. 여덟 번 튕겼어."

소년은 소녀를 보고 잘못 세었다고 나무라고, 단호한 그의 태도가 마음에 드는지 소녀는 크게 우기지 않습니다. 일곱 번이 아니고 여덟 번 튕긴 것이 소년에게는 엄청나게 큰일인가 봅니다. 소년은 의기양양 자랑스럽게 소리 내어 웃고, 소녀는 순한 얼굴로 소리 없는 웃음을 보냅니다.

커다란 눈망울의 그 짙은 음영이 시원한 소년은 서역 왕자님, 꿈꾸는 표정으로 먼 곳을 향할 때 그 눈매 고운 소녀는 마치 애급 공주님인 듯, 어딘가 기품이 서려 있는 모습들로 둘 다 잘도 웃습니다.

먼 옛날 이 섬에서 살다 구중궁궐에 갇혀버린 젊은이도 여기서 그냥 물수제비나 뜨면서 살았더라면 좋았을 걸 그랬습니다. 고려산에 진달래 꽃봉오리 맺힐 때면 마니산 기슭 따라 인진쑥 연한 싹 캐는 마을 처녀들과 노닥거리고, 가시오갈피로 술 담가 밴댕이 회 한 접시에 희희낙락하며 그렇게 살 걸 그랬습니다. 애처롭게 하늘거리던 어린 벼 모가 유연하게 제자리를 잡아 청신한 녹색을 빛낼 즈음엔 그 푸르른 들녘을 가슴에 담고, 비가 오려나 장마가 지려나 하늘의 뜻을 가늠하며 그렇게 살 걸 그랬습니다. 서늘한 하늘 아래 알곡이 들어차는 논에서 참새 떼 쫓고 순무 거두어 갈무리하고, 포도밭에서 송이송이 단맛에 흠뻑 취해 빙그르르 매암을 돌면 만산홍엽滿山紅葉의 화엄단장華嚴丹粧은 더욱 현란할 것이었습니다. 함박눈 소담하여 초가지붕 부드러운 윤곽이 고즈넉할 때, 목화솜 두둑하니 두루뭉술한 바지저고리 진솔을 설빔으로 얻어 입고, 머슴방에 모여앉아 질펀한 농지거리 나누며, 왕골로 화문석 짜거나 솜씨 좋은 소목小木이 이층 반닫이 만드는 것 거들며 그렇게 살 걸 그랬습니다. 순덕이나 언년이나 볼 붉고 장딴지 통통한 작은 각시 얻어서 메주덩이같이 못생겼어도 이 세상 무엇과도 안 바꿀 아들 낳고 딸 낳고 그렇게 살았더라면 참 좋았을 걸 그랬습니다.

사위어 가는 왕조, 명문도 아니고 천출도 못 되는 끄트머리 왕족으로 태어난 것은 그것만으로도 피 토하게 서러운 운명입니다. 언제 어느 자객의 손에 단칼로 베어질지도 몰랐을 목숨, 산골 무지렁이로의 전락이 그의 생명을 부지해 주었습니다. 지엄한 자리 상감마마가 되는 게 무슨 짓거리인 줄을 그가 미리 알았더라면 한양 가는 배에 그렇게 쉬 오르지는 않았을 것입니다. 숨을 수 있었으면 숨었을 것입니다. 피할 수 있었으면 피했을 것입니다. 그랬더라면 호의호식 주지육림 지분 냄새 분분한 여인네들 품속, 그 황량한 쾌락에 심신이 녹아내려 서른을 갓 넘긴 젊은 나이에 기력을 다하진 않았겠지요.

세상을 뜨면서 그는 이름도 아름다운 강화도江華島, 이 섬을 마지막으로 그렸을 것입니다. 비 온 다음날 아침이면 섬

사이사이에 물안개 짙어 청회색 낮은 하늘을 배경으로 하얀 구름이 척하니 내려와 바다 위에서 쉽니다. 앞 섬을 자취도 없이 꽁꽁 여미듯이 감싸 안던 포근한 햇솜 같은 운무가 바람결 따라 저편으로 흘러가고 나면 숨었던 섬은 순식간에 선연히 그 모습을 드러냅니다. 맑은 날 저녁이면 일몰에 맞추어 구름들이 수평선 가까이로 뭉게뭉게 모여들어, 지는 해의 잔영을 멀리멀리 번져가게 하여 하늘과 바다 온 천지가 불바다를 이룹니다. 불타는 석양을 등지고 뒤돌아보며 뒤돌아보며 잔뜩 겁먹은 얼굴로 산등성이 굽이굽이 넘어갔을 가여운 젊은이, 이 세상 하직할 때 바닷가에 지게막대기로 지게 받쳐놓고 물수제비뜨며 시골 소녀 희롱하던 소년 시절을 떠올렸을 것입니다.

지금 저 소년과 소녀가 서역의 왕자도 아니고 애급의 공주도 아니고 이렇게 여기서 즐거울 수 있어 얼마나 다행인지요. 황금으로 쌓아올린 왕좌에 백관이 도열하여 온갖 진귀한 보물로 감옥을 만들어 주지 않아서 얼마나 다행인지요. 푸른 하늘 아래 제멋대로 피는 꽃, 산도 보고 물도 보고 산도 닮고 물도 닮고, 해 나면 해가 나서 좋다고 금빛으로 반짝이고 비 오면 비가 와서 즐겁다고 은빛으로 싱싱하여 한껏 기쁜 모습일 그들, 이 땅에 태어나 슬프게 살다 간 그 옛날의 젊은이가 아니고 오롯이 자신만의 생을 사랑하여 그 무엇도 아닌 자신으로 살아, 마음껏 사랑하고 마음껏 웃을 수 있어서 얼마나 다행인지요.

신록의 노래

천년을 기다려 꽃으로 피어났을 것입니다. 또다시 천년의
세월을 더하여 그 빛깔과 그 모습에 어울리는 향기를 지니
게 되었을 것입니다. 한 방울의 물과 한 움큼의 햇빛으로 빚
어낸 기적, 날마다 기적입니다. 연하고 연한 순하고 순한 그
대 꽃봉오리의 기적을 본받아 나도 나의 기적을 짓습니다.
나도 한 방울의 물과 한 줌의 햇빛으로 연하고 연한 순하고
순한 새 움을 터 신록으로 세상을 맞습니다.

오랜 세월의 원을 새겨 얻은 귀한 모습이어서일까요. 당신
은 너무나 보드랍고 가냘파서 미풍에도 견디지 못할 것 같
군요. 그대가 행여 다칠까봐 조심조심 감싸고 싶은데 가까이
가지 못하겠습니다. 그대 섬세한 살갗은 가볍게 스치기만 하

여도 멍이 들고 살짝 닿기만 하여도 상처를 입을 테니까요. 당신을 지적에 두고도 그저 바라볼 수밖에 없어 나는 애가 탑니다. 그렇지만 이렇게 바라보고 지켜볼 수 있어서 말할 수 없이 행복하기도 합니다.

당신은 아름답습니다. 사랑에 눈멀어 그대가 아름답게 보이는 게 아니라 당신이 아름답기 때문에 아름다워 보이는 것입니다. 그런데요. 나는 당신이 아름다워서 당신을 사랑하는 것은 아닙니다. 그저 당신이니까 당신을 사랑합니다. 그러니까 아름다운 당신을 사랑하는 게 아니고 그냥 당신을 사랑합니다. 아, 그러고 보니 나는 사랑에 눈멀어 당신이 이 세상에서 가장 아름답게 보입니다.

당신의 아름다움이 돋보이는 것은 당신이 지닌 간결함 때문입니다. 욕심의 군더더기가 없기 때문입니다. 또한 당신은 그 무엇에도 헤프지 않습니다. 슬픔에도 일그러지지 않고 기쁨에도 환호하지 않습니다. 당신의 절제가 눈부시어 나의 눈매가 가늘어집니다. 한때는 사랑의 밀어를 간절히 원할 때도 있었으나, 당신의 간결함과 당신의 절제를 배워 이제는 그저 말없이 충만한 합일의 기쁨을 누릴 줄 알게 되었습니다. 당신은 그러한 간결함과 절제로 나의 심중을 헤아립니다. 내가 당신을 사랑한다고 말하면, '나는 당신이 제일

어여쁩니다'라고 제대로 알아듣고, 내가 당신을 아름답다고 말하면, '당신을 사랑해요'라고 기쁘게 알아듣습니다.

내 안의 소년은 아무 것도 의식하지 않고 오직 열렬히 당신을 사랑하는 일에만 열중할 뿐입니다. 그에 화답하여 그대 안의 소녀가 배시시 어여쁜 웃음으로 화답합니다. 그대가 내게 말했습니다. 내가 당신을 사랑하는 것은 당신이 아름답기 때문 그리고 세상의 많은 것에 대해 서로 대화를 나눌 수 있기 때문 그러나 무엇보다도 당신의 넓은 아량 때문이라고. 나는 그대의 사랑을 잃지 않으려고 그대의 말을 가슴 깊이 명심합니다. 내 안의 순정, 순수, 내 속에 들어있는 가장 좋은 것, 가장 아름다운 것이 그대를 만날 때면 새록새록 싹을 틔울 수 있도록.

수줍은 미소를 머금을 때의 모습은 청순하여도 당신은 마냥 다소곳하지만은 않아요. 깜찍한 눈웃음으로 애교도 부릴 줄 알고, 응석도 곧잘 부립니다. 달빛이 은은할 때엔 요염한 자태를 뽐내기도 하지요. 때로 당신은 꽃잎 팔랑이며 바람과 희롱하고 도란도란 벌 나비와 소곤거리며 나를 내버려둡니다. 나는 시무룩하여 괜시리 아직 깨어나지 않고 나무등걸에 붙어있는 애벌레의 고치를 집적거려 봅니다. 예쁘고 귀엽고 앙큼하고 매정한 그대, 그대는 어쩌면 그렇게 내 마음을 잘 알아 나를 꼼짝 못하게 옭아맵니까?

며칠 동안 봄볕이 좋더니 어젯밤에는 제법 큰 비가 내렸습니다. 비바람에 그대 지쳐 쓰러질까 봐 나는 가슴을 졸였습니다. 그래도 의연히 말갛게 씻긴 얼굴로 그 역경에도 당신은 억세어지지도 거칠어지지도 않고 순한 모습 그대로 아침 햇살 아래 연한 꽃잎이 곱습니다. 작은 미풍에도 바르르 미세한 떨림이 애처로워도 폭풍우를 견디니 나는 그저 당신이 기특할 뿐입니다. 내가 기뻐하니 나의 몸에도 저절로 윤기가 흐릅니다. 그대를 사랑하다가 나는 드디어 온 세상을 제대로 사랑하는 법을 스스로 깨우치게 되었나 봅니다. 내 몸은 어느새 이렇듯 천지에 위안을 주는 녹색으로 세상을 덮게 되었습니다. 사랑이 지극하면 아름다움으로 현현한다고 하던가요.

어느덧 당신의 얼굴에 어쩔 수 없이 드리우는 허무의 그림자를 나는 가슴 아프게 지켜봅니다. 비록 당신이 나를 사랑하는 것을 알기는 하지만 당신이 가실 때는 뒤도 안 돌아보고 훌쩍 가버릴 것이라는 것도 나는 알아요. 당신 가세요. 미지의 세계를 돌아 오랜 기도로 한 하늘이 열리면 당신은 빛의 날개를 달고 구름 속의 햇살처럼 다시 돌아올 것도 나는 알고 있으니까요. 그대가 먼 길 마다않고 찾아오면 나도 그때까지 휘돌아온 세상의 이야기를 들려드리겠습니다. 그러니 내가 삶의 의지로 하늘 향해 치솟는 것이나 날로 짙은 음영을 드리우는 것은 오직 당신 향한 그리움 때문입니다.

그리워서, 그리워서 그리움이 목까지 차오르면 터져 나오는 그대 꽃망울… 이제 나는 기다림을 준비해야 하나 봅니다. 애달픈 내 마음은 그대에 대한 기억으로 시름을 잊고 다만 그리움으로 푸르러, 푸르러.

저 푸른 들에 아름다운 나의 황금 소를 누이리니

아침 여섯 시, 12월의 어둔 새벽에 추적추적 비는 내리는데 지난밤에 푸른 섬, 겨울에도 푸른 섬 진도에서 아리랑 가락에 취해 술과 여흥으로 도화살을 풀어냈건만 이제 다시 역마살을 풀려고 해남으로 향한다.

내가 얼마간의 역마살과 도화살을 지니고 있다는 느낌이 감미롭다. 준마를 지즐타고 세상을 떠돌며 복숭아꽃 이파리를 흩뿌리는 살풀이는 얼마나 멋진 일이냐. 때로는 대금의 웅숭깊은 울림으로 여울지고 때로는 피리의 긴박한 자진모리장단으로 신명 날 것 아닌가. '다만 때맞추어 즐거움 다해야 하리.' 일찍이 이런 시구도 있나니.

검은 소 한 마리가 저 멀리 인도로부터 부처와 경전을 등에 신고 와 이곳 달마산 계곡에 편히 몸을 뉘었고 그를 받들어 신라의 승들이 그 자리에 세운 절이 미황사美黃寺, 美는 아름다운 소를 의미하고 黃은 소의 잔등에 실려 있던 금빛 부처를 가리킨다. 지난밤 찬비에 씻긴 듯, 단청 벗겨져 나뭇결 보드랍게 드러낸 대웅보전 앞에 귀한 보물을 가득 실은 목선의 찬란한 꿈이 아롱진다.

부슬부슬 내리던 비가 그치고 절 주위에 안개가 엷게 번졌다. 그러더니 어느덧 구름이 스르르 밀려가며 홀연히 숨어 있던 정경 한 폭을 펼쳐놓는다. 우뚝우뚝 깎아지른 바위산이 산사를 빙 두른 병풍 되어 시야에 가득하다. 감싸고 있는 바위 절벽은 웅장하여 시선을 압도하는데도 옴폭 들어앉은 절터가 호젓하여 아늑하다. 선명하게 결과 명암을 드러내던 산은 어느새 유유히 다가온 물안개로 뿌윰히 흰 장막을 거느리곤 한다.

나는 배 타고 물 건너 인도로부터 건너온 검은 소를 개금改金하여 숨바꼭질하는 바위산의 모습에 겹쳐놓는다. 내 안의 황금 소는 나에게 무엇을 싣고 왔었던가. 그리고 나와 어떻게 숨바꼭질을 하였던가. 늘 음악이 흐르고 사철 꽃향기가 맴돌고 시간이 천천히 지나가는 집, 창문의 박공에 새겨진 조각이 아름다운 집에서 나는 하늘하늘 얇은 옷을 입고 무척 맛있는 음식을 조금만 먹고 살기를 바랐다. 그런데 어느 날 그만 나는 영리하게도 현실에는 배경음악이 흐르지 않는다는 것을 알아챘다. 그러자 주변은 오직 잡다함 속에 향내를 잃고, '무거워, 무거워' 하면서도 여러 겹의 옷을 걸친 나는 쫓기는 허기 속에서 맛없는 음식을 꾸역꾸역 많이 먹게 되었다. 아마도 그만 그 소를 잃은 탓이겠지. 내가 소를 버린 것인지 소가 나를 떠난 것인지 아리송하다. 혹은 내가 슬그머니 고삐를 놓았는지도 모르겠다.

그래도 생각하면 나와 나의 황금 소는 긴 이별 짧은 만남을 반복해왔던 것 같다. 소는 스스로 나를 찾아오기도 하고 내가 소를 찾아내기도 한다. 그러면 나는 '아, 이토록 아름다운 나의 황금 소를 내가 잊고 있었다니.' 되찾은 기쁨을 즐긴다. 요행히 그는 여위지도 늙지도 않는 마냥 그러한 자태가 변함이 없이 결코 영원히 사라지는 법은 없다. 그 소는 슬픈 노래 한 구절을 따라오기도 하고, 누군가의 초롱초롱한 눈동자와 마주쳤을 때도 되살아나고, 잠결에 꿈속에서도 사뿐히 내려앉는다. 그러나 결코 오래 머물지는 않는다. 그 소가 내게 내미는 것은 눈에 보이지만 잡을 수가 없고 저 하늘의 별처럼 멀고 아득한 것은 아닐지라도 내 손이 미치지 못하는 곳에 오롯한 것, 분명히 실존하지만 내 것이 될 수 없는 것,

촉감도 생생하게 한 품에 가득 안아보지만 한 순간 거품 되어 사라지고 마는 것이다. 그러나 손에 잡힌 것은 이미 그리움의 대상이 못될 것이기에 감질나는 안타까움을 사랑하는 법을 배운 나의 삶에 그와의 추억은 채색무늬 곱지 않은가.

약사여래 앞에 업경대業鏡臺가 놓여있다. 업경대에는 한 일생의 파노라마가 펼쳐진다고 한다. 또르르 구르는 연잎 위의 이슬같이 미미한 우리네 일생에 한 인간이 토해낸 한숨의 숫자와 흘린 눈물의 양에 있어 다른 이들과 얼마나 차이가 있을는지. 우리 앞에 놓여 진 거울은 결국 백설공주의 계모가 가지고 있던 거울과 같다. "거울아, 거울아. 나는 누구니?" 결코 자신의 얼굴을 직접 볼 수 없는 숙명을 지닌 우리는 우리의 진실을 고작 허상에 불과한 거울에게 비춰보고 거울에게 물어본다. 그러니 거울이 제아무리 맑고 깨끗하여도 그 속에서 진실을 찾으려고 하면 곤란하다. 그러나 거기에는 진실보다 더 진실이 되게 하는 환상의 그림자가 있다. 그것은 현실이 내게 주지 못하는 것을 주고 현실보다 더 나를 지탱하는 힘, 누더기를 황금 옷으로 둔갑시켜 누추한 모습이 누추하지 않을 수 있게 하는 힘이다.

"낮에는 별과 달이 나타나고, 밤에는 해가 열리네晝現星月夜開日." 응진당에 걸린 주련에는 무한한 편재의 세계가 담겨 있지만, 우리의 삶이 어디 그에 미치는가. 낮에는 해를 반기고 밤에는 별과 달을 섬기면 될 것인데, 하필이면 낮에 보이지 않는 별과 달을 찾고 밤에 태양을 가린 어둠을 탓하며 늘 쯧쯧 혀를 찬다. 다다르고자 하나 이미 다다를 수 없다는 것을 알아버린 마음이 그리움 한 자락을 떨쳐낼 수 없어서 하릴없이 가슴에 손을 얹고 망연히 먼 곳을 바라본다.

경내를 한 바퀴 돌고 갓 피어나는 동백과 벗하며 한적한 산책로에 이어진 아름다운 부도 밭도 살펴다보니 날은 완연히 개어 눈앞의 초지가 더욱 푸르다. 단풍나무 몇 그루가 나목이 되어 가지에 달고 있던 꽃보다 붉은 이파리들을 이제는 발치에 거느리고 이불처럼 덮고 서 있다. 아직도 고운 빛깔을 잃지 않고 뿌리를 포근히 덮어주고 있는 단풍잎. 나의 꿈도 또한 저런 모습이기를, 이루어지지 않아도 그저 꿈꿀 수 있어 그로써 행복하기를, 꿈만 꾸어도 그것이 나의 일용할 양식이 되기를 가만히 기원해본다. 그리하여 나는 나의 황금 소를 저 푸른 들판에 누인다. 저곳에서 더욱 아름다우리니 구태여 끌고 가지는 않으련다.

그러면 오늘은 여기서 그만 안녕.

살다가 목이 메면 다시 너를 찾으리.

푸른 방

푸른 바다가 천장에서 바닥까지 한 벽에 가득하다. 뤽 베송의 영화 '그랑 블루'의 커다란 포스터 덕분이다. 연한 하늘색의 벽지가 하얀 책상 뒤에서, 시원한 청색의 양탄자가 흰 커튼 자락 밑에서 더욱 파랗다. 꽃병도 거울장식도 문구들도 덩달아 제각기 다른 파란 빛을 지니고 여기저기 섬처럼 놓여있는 이 방을 나는 '푸른 방'이라고 부른다. 코발트 블루, 인디고 블루, 클라인 블루, 울트라 블루, 시아닌 블루… 온갖 톤의 이다지도 많은 블루에 둘러싸여서 나는 그 모든 블루가 좋다.

물에 빠졌던 적이 있다. 여섯 살 아이는 허우적거리지도 못하고 떠있는 듯 서서히 가라앉고 있었는데, 처음 겪는 무중력의 세계가 이상하게 편했다. 세상의 모든 소리가 사라진 완벽한 고요 가운데 아이의 몸 주위로 온통 푸른빛이 번져나가던 물속의 정경에서 그때의 기억은 그만 멈추고 만다. 이 방이 나를 멀리 아득하고도 늘 선명한 영상의 푸르스름한 색조 속에 곧잘 잠기게 해준다.

푸른 방에서 나는 꿈을 꾼다. 일상의 건조함으로 납작 눌렸던 꿈 조각이 산 중턱 고운 물안개로 가볍게 부풀어 오른다. 지평선 너머 아슴푸레하던 기억의 성채가 윤곽도 분명하게 성큼 다가선다. 환상여행이다. 낯선 곳으로 나를 데려가고픈 충동, 새로운 바람의 향방에 대한 호기심, 이국의 정취가 마음속 등불의 촉수를 높여 주리라는 기대를 안고 길을 떠날 때, 사면의 벽은 무한 확장되어 멀리멀리 물러선다. 벽이 멀어지는 정도에 따라 더러는 혼돈으로 흔들리고 더러는 막막하게 떠돌며 나는 사막과 바람과 바다와 습기를 만난다. 땅거미를 안고 돌아오는 시간여행의 귀착점에서 물러섰던 벽은 다시 견고하게 자리 잡는다. 푸른 방은 밖으로 밖으로 번지는 드넓은 여행지이면서, 안으로 안으로 스며드는 격리된 도피처다.

환상여행은 내내 푸른색이다. 청색의 이미지는 차갑고 고독하고 이성적이지만 그럼에도 불구하고 그 어느 색보다 열정적이다. 그 열정은 불꽃 없는 그러나 끈질긴 열정이다. 청색인격을 그려 본다. 그는 투명한 의식을 지니고 충분히 강한 자의식으로 무장해 있으면서도 의식 과잉의 흔적이 없이 감정과 이성의 밸런스를 유지한다. 그럼으로써 지적 훈련의 강도에 따라 그가 지닌 관념이 심도를 지닌다. 그가 명상가라면 내면의 심층적 의식과 삶의 다층구조에 대한 모색의 여정을 조용히 갈무리할 것이다. 한 인간이 지니는 다중성의 의미, 인간 보편이 숙명으로 짊어진 모호성, 우리가 맞닥뜨리거나 추구하는 삶의 지향에 대한 깊은 성찰이 거기에 있다. 그가 문사라면 언어가 아우르는 세계는 무한하여 문학이야말로 총체적이고 근본적인 인간의 문제에 부단히 접근하고자 하는 운동성을 지닌다고 자부할 것이다. 그에게 책읽기는 자아를 찾으려는 미로 헤매기이며, 글쓰기는 삶의 본질을 추구하여 떠나는 정신적 실존적 대장정이다.

그럼 나의 푸른 꿈은 어떤 것일까. 내가 아는 모든 것, 내가 모르는 모든 것, 안다고 생각했는데 모르는 것, 모른다고 생각했는데 알고 있었던 것, 그 모든 것을 차곡차곡 되짚어보는 것이다. 삶의 여정에 대한 탐구라는 주제는 나와 타인의 시공간을 헤집고 그 틈으로 삶을 응시하는 것을 의미한다. 즉 함몰된 전체 속에서 개성을, 역사 속에서 개별

자를, 다시 개별의 특수성 속에서 유사성을 인식하고 파악하기 위해 시선을 모으고자 한다. 그러한 탐색전을 바탕으로 나는 푸른 글을 쓰고 싶다. 어떤 이의 마음의 현을 건드려 여린 감성의 새순이 돋아나듯, 가슴이 아픈 듯 따뜻해지는 글, 그런 글을 쓰고 싶다. 사람들의 느낌과 생각을 공유할 수 있는, 그래서 '그래, 바로 내가 하고 싶었던 말이야'라고 깊이 공감할 수 있는 글, 그런 글을 쓰고 싶다. 혹은 '아, 정말 그렇구나. 예전엔 미처 몰랐는데'라고 말하는 누군가가 새롭게 깨달아 그의 머리가 맑아지는 글, 그런 글을 쓰고 싶다. 마음과 정신이라는, 눈으로 볼 수 없고 손으로 만질 수 없는 세계를 탐구하다가 그로써 자기만의 언어를 완성하는 것. 그것이 나의 꿈이다.

그러니까 푸른 방은 패러독스의 세계다. 글쓰기는 고독 속의 독백이고 몰입이다. 푸른 방에서 이런저런 생각을 궁굴릴 때 나는 혼자다. "인간은 아무 것도 하지 않고 있을 때 가장 활동적이며, 철저하게 혼자 있을 때야말로 가장 고독하지 않다"는 말에 절대적으로 공감한다. 그러나 내가 어떤 사안에 대하여 나름으로 느낌을 나열하고 생각을 정리하려고 이렇게 저렇게 애쓰는 것은 결국 "그렇지 않아요?" 하고 세상에 말을 걸어 타인을 끌어들이고 싶기 때문이다. 그건 직접 대화를 나누는 방식보다 더욱 자아를 확대시킨다. 하긴 대화에 목마르지 않은 사람들은 글을 쓸 필요가 없을 것 같다. 그래서 석가도 소크라테스도 예수도 책을 남기지 않았던 것인지 모르겠다. 어쨌든 써놓은 글이 나에게 들려주는 고백임과 동시에 세상과의 소통을 염두에 둔 것이라면 이 방은 좀 더 넓은 세상으로 나아가고자 하는 발돋움의 터전이다. 이러한 이율배반은 또 있다. 여러 가지 상념을 늘어놓다보면 오락가락 종잡을 수 없이 뒤섞인다. 어느 때는 '원시적 생명력과 격정의 아름다움'을 찬양하고 또 어느 때는 '검토되지 않은 삶은 가치가 없다'고 깊게 수긍한다. 이미 써놓았던 글을 전혀 다르게 고치는 일도 빈번하다. 어느 것이 진짜일까. 시간에 따라 변화의 추이만 있을 뿐 진실게임은 존재하지 않는다.

푸른 방에서는 변주곡이 흐른다. 이 방의 청색조 안에서 나는 언어의 미로 속을 헤매며 말의 편린을 집어 들고 분주하게 분석하고 취합한다. 이렇게 공들여 쌓아놓은 말들이 그런데 다 낯이 익다. '어디선가 본 듯한, 남이 대신 써준 것 같은 글이네요.' 나의 글을 읽고 사람들은 내게 그런 말을 묻는 표정을 짓는다. 자기화의 과정에서 예전의 어떤 것과 닮은꼴이 되는 것은 불가피하다고 나는 나를 설득한다.

한 인격체에 여러 가지 모습이 겹쳐있고 여러 사람들의 마음 속에 같은 생각이 자리잡는 것이니 내 안에 그들의 모습이, 그들 속에 내 모습이 당연히 들어있을 것이다. 그래서 우리 는 같은 얘기를 조금씩 비슷하게 조금씩 다르게 변주곡으로 내놓을 수 있을 뿐이다. 마치 이 방에 조금씩 명암과 채도를 달리하는 많은 푸름이 있는 것처럼.

푸른 방은 나에게 마법을 건다. 내 안에는 여러 겹의 자아 가 있다. 나와 추상의 나, 나와 나의 그림자, 나와 나의 배반 자가 끊임없이 공존한다. 그것들이 분열과 통합을 반복 합 성하고 나면 내가 썼으되 마치 누군가의 대필처럼 생소하면 서도 경이로운 세계가 앞에 펼쳐진다. 이 마술의 세계에서는 붓 끝에 글이 따라 나오고 글이 글을 부른다. 이 알 수 없 는 이끌림은 아마도 최면과도 비슷하다. 사람들이 더러 내 글이 의외라고 말한다. '당신에게 그런 면이 있었나요? 평소 모습과는 많이 다르군요'라는 뜻이다. 글과 사람은 별개인 가? 아니다. 글은 곧 그 사람이다. 단지 푸른 방이 만들어내 는 마술의 세계가 현실의 외피 아래 품고 있던 여러 갈래의 자아를 다채롭게 펼쳐 보일 뿐이다. 아, 그러니까 마술에 걸 리다보면 어느새 나도 모르게 서투르게나마 약간의 마술을 할 수 있게 되나 보다. 마법에 걸릴 수 있어서 다행이다, 아직은.

이 푸른 공간이 아늑하다.

花 水 木 … 今

꽃요일에는 열정이 미의 화신으로 피어난다.

꽃花은 어디에서 왔을까. 火에서 왔을까, 아니면 化에서 왔을까. 변화하려는 염원에서 아름다움으로 현현하는 존재가 꽃이다. 짧디짧은 한 생, 더도 덜도 말고 열흘만 활활 불탈 수 있기를… 꽃의 기원이 간절하다. 촌음을 아껴 지성으로 지고지선을 갈구한다. 삶은 무상할지니 단 한 번 사랑에 목숨을 걸어 절정의 행복을 누린다. 기쁘게 노래하고 즐겁게 춤추리. 찬란하게 한 순간을 피어 장엄하게 한 세계를 열고 진하게 사랑하여 회심의 미소를 날리면서 장렬하게 막을 내린다. 봄 들녘에는 열정을 태우고 남긴 재가 소복하다.

물요일에는 세월의 은비늘이 아롱아롱 흔들리며 흘러간다.

계곡을 흐르는 물은 어디에도 머물지 않아 아무것에도 미련을 두지 않는다. 잡을 것이 없으니 놓칠 것도 없다. 억지를 부리지 않고 순리를 따르며 묵묵히 생명을 키운다. 그러므로 세찬 물결에 바위가 부대끼고 나무뿌리가 상하고 수달이 제 집터를 잃는다 해도 그것은 결코 물의 뜻은 아니다. 물은 오로지 낮은 곳으로 흐르다가 무심의 못에 이르러 마침내 고요해진다. 하늘과 구름이 조용히 내려앉는 가운데 산을 물구나무 시키는 호수의 정경 앞에서 그예 세상이 고즈넉하다.

나무요일에는 꿋꿋한 마음자리가 넉넉하게 터를 잡는다.

태양과 바람과의 상생은 영구불변이어서, 나무는 태양에게 생명을 의탁하고 바람에 흔들리면서도, 의연하여 자신을 굽히지 않는다. 소나무는 발치의 진달래를 귀여워하지만 나무들은 엄연히 거리를 지킨다. 숲 깊숙한 곳에는 신령스러운 초월의 분위기가 향훈으로 스며들어 자잘한 마음의 티끌을 스르르 사라지게 한다. 그런데 숲에 들면 조심해야 한다. 숲 밖에서와 달리 숲속에서는 숲이 보이지 않아 자칫 방향을 잃는다. 인간 세상을 등지라는 정령들의 유혹 때문이다. 나무는 숲속에서 숲을 응시한다.

꽃과 물과 나무.

꽃은 아름다움과 열정의, 물은 생명과 거울의, 그리고 나무는 푸른 의지의 표상이다. 꽃은 생을 아쉬움 없이 소진시키라고, 물은 낮은 자세로 삶을 수긍하라고, 나무는 흔들림 없이 자리를 지키라고 한다. 이들을 벤다이어그램으로 옮겨본다. 위 동그라미는 붉은색의 꽃, 오른쪽 동그라미는 황색의 나무, 왼쪽 동그라미는 푸른색의 물이다. 세 개의 원이 서로 사이좋게 겹치며 세 가지 중간색을 만들어낸다. 겹치는 의미는 때로 엇갈리지만 대체로 조화롭다. 그리고 가운데 세 동그라미가 합치는 부분은 구극究極의 빛깔인 검은색이다. 거기에 '지금, 여기'라고 적어 넣는다.

'지금, 여기'에서 사랑하고 '지금, 여기'에서 행복할 것, 우리의 지상과제다.

살아 숨 쉬는 이 순간 외에 우리가 기댈 것이 무엇이 더 있는가. 과거는 흘러갔고 미래는 알 수가 없다. 시간은 기다려주지 않고 공간은 되돌릴 수 없다. 경험의 집적이라는 날

줄에 꿈과 기대를 씨줄로 직조하는 인생의 베틀 위에 우리
는 올라앉아 있다. 미망이나 회한에 사로잡히지 않고 허황
한 신기루에 현혹당하지 않으며, 오로지 나날에 충실한 문
양을 짜도록 해야 한다. 그리하여 영원을 기약하는 진실이
채색무늬로 나타나서 현재를 살아 미래를 연다. 황금의 무
게가 오늘에 걸린다.

花 水 木의 지향하는 바를 꿈꾼다. 오늘은 꽃의 날, 변신
의 기쁨을 누리리라. 오늘은 물의 날, 관조와 성찰이 나를
깊게 하리라. 오늘은 나무의 날, 고고한 탈속을 권유받는다.
그리고 지금. 불붙는 꽃처럼, 유유한 물처럼, 꼿꼿한 나무처
럼, 그리고 순간순간을 헛되이 보내지 않고. 아! 아무리 해
도 그렇게 살 수 없다면 애석타, 어이하리. 눈물만 뚝뚝 흘
릴 뿐이다. 흐르는 계곡물에 제 모습을 아련하게 뒤척이는
산철쭉이 벼랑에서 곱다. 그가 물끄러미 개울물을 불리는
눈물의 의미를 새긴다.
꽃아, 너는 눈물 없이 지거라.

3부

즐거운 미래

돈은 행복과 얼마나 친할까

내 천성에는 약간의 트위스트가 들어있다. 액면을 뒤튼다. 가령 누군가가 돈이 행복의 전부가 아니라고 기염을 토하면 나는 신속한 결론에 닿는다. 아항, 저 사람은 돈에 과도한 집착을 보이는군. 또는 어떤 이가 돈, 그거 좋지요, 웃으며 말하면 저 사람이야말로 돈의 과부족에 그다지 구애받지 않을 사람이로구나, 적어도 돈에게 행복을 구걸하지는 않겠는 걸, 혼자서 회심의 미소를 짓는다. 이런 직감이랄까 어설픈 진단이 종래에 그럭저럭 맞아떨어지는 경우에 당도하여 반어적 심리탐색에 확신이 쌓여만 간다. 사람들은 유독 돈에 대해서 이중적이거나 위선적인 태도를 보인다는 것이 나의 생각이다.

나의 아버지는 재물을 쌓는 삶을 경원시하여 당신의 여유를 가까운 사람들과 나누며 살고자 했다. 소신에 굳건하던 아버지가 사업에 실패했을 때 식구들은 뒤처리 비용을 융통해야 했다. 그러나 믿었던 친지들에게 청을 넣었다가 매번 빈손으로 돌아설 수밖에 없었다. 나는 아버지가 축재 대신에 쌓은 인맥의 진정성을 의심하며 심지어 아버지의 일생마저도 회의하였다. 순전히 돈 때문이었다. 앞으로 살아가면서 남에게 돈을 빌리는 경우를 만들지 않겠다고, 번잡한 시내 보도블록의 길 위, 모멸감의 한 가운데에서 결심하였다. 살면서 내내 저축에 열심이었던 것은 남에게 돈을 빌리지 않으려는 자기방어의 제법 거창한 실천적 인생관에 기인하는 바이다.

　돈이 없어서 삶이 구차해지고 인간의 존엄성을 침해당하는 경우가 비일비재한 것은 예나 지금이나, 인간 세상은 언제나 그래왔다. 과연 우리의 내딛는 걸음걸음은 진달래꽃을 즈려밟고 가는 것이 아니라 지폐를 밟고 간다. 하룬들 소비 없이 지탱할 것인가. 당당함과 편리와 안락과 온갖 풍요와 진귀함을 누리게 하는 재화는 생명을 연장하고 노화를 막고 아름다운 외모도 준다. 무엇보다 재력으로 수하에 사람을 부릴 수 있으며 심지어 마음도 얻을 수 있고 이상적인 배우자도 취할 수 있다. 돈이 바로 요술램프 속의 '지니'의 현현이다. 반면에 가난은 살릴 목숨을 잃게도 한다. 제아무리 뛰어난 재능이나 덕성도 연수입과 환치되지 않으면 빛을 발하기가 쉽지 않다. 한 영화에서 난치병으로 오랜 병원 생활을 하는 환자를 두고 의사가 말한다. "병이 문제야? 돈이 문제지." 그만하면 돈이야말로 행복한 삶의 제일의 조건이 됨직도 하다.

아마도 대체로는 인간다움과 자존에 해를 입지 않을 정도의, 의식이 족하여 예를 갖출 수 있을 만큼의 재물을 지닐 수 있는 처지라면 복된 삶이라 이를 것이다. 문제는 돈에 대한 가치 부여에 있다. 항용 인간이 돈의 주인이 되지 못하고 돈에 휘둘리는 주객의 전도현상이 벌어질 때 돈은 확실히 모종의 독성을 지니게 된다. 그에 대한 비유는 이런 것이다. 아흔아홉 섬을 가진 사람이 백 섬을 채우려고 덤빌 때, 달랑 한 섬 가진 사람이 기어이 이를 빼앗기고 만다. 한 섬 가진 사람이 그것을 지키려는 의지보다 아흔아홉 섬을 가진 사람이 백 섬을 채우려는 욕망이 더 세기 때문이다. 이렇듯 돈에 얽힌 욕망은 아무리 많은 것을 움켜쥐어도 만족을 모르는 공허한 나락에 자칫 빠져들게 한다. 목까지 물속에 잠겨서도 한 모금도 마실 수 없어 갈증으로 신음해야 하는 탄

탈로스나 손에 닿는 것마다 황금으로 변해버려 아무것도 먹지 못하는 미다스 왕의 비극이 욕망의 실체를 설명한다.

신자유주의로 대변되는 이즈음의 세태에는 물물교환을 대신하던 원래의 돈의 효용에서 멀어진 모습 속에, 그러한 비극의 그림자가 짙다. 선물先物이니 펀드니 하여 실체도 없는 것을 가지고 순전히 숫자놀음에 의한 불로소득의 무한 증식이 가능하다. 세상이 생산과 노동이 없는 재화의 회전에 의한 거대한 투기장이 된 오늘의 관점에서는, 지난날 유럽 전역에서 악명을 떨치던 유태인들의 고리대금업은 오히려 소박하기까지 하다. 앞으로도 간판이나 행태만을 살짝 바꾼 금융의 농간은 주기적으로 비슷하게 변형 복제되어 반복될 것이다. 2008년에 벌어진 '리먼 브라더스 파산사태'처럼 현대인의 생활 깊숙이 침투하여 일상을 압박할 시대의 회오리는 다시 또 어떤 이름으로 닥칠 것인가.

마하트마 간디가 손수 물레질을 하며 자급자족이야말로 생존의 출구라고 인도의 백성을 설득하던 시절도 있었다. 그때로 돌아가 산속에 숨지 않을 바에야 초연하게 체제 밖에 서 있기는 불가능해 보인다. 기부문화를 선도하는 온정적 자본주의 같은 말들이 그럴싸하게 들린다. 그래도 우리가 누리는 편리와 안락의 대가라 할, 이미 만연한 돈의 독성을 제거하기에는 충분해 보이지 않는다. 돈이 행복의 전부는 아닐지라도 오늘날 우리가 당면하는 대부분의 문제가 돈으로부터 비롯되는 것도 엄연한 사실이다. 돈이 너무 없으면 삶이 비참하다. 너무 넘치면 인간이 실종한다.

"가난은 슬프지만 탐욕에는 사랑이 없어." 소설가 박경리의 탄식이다.

서글픔의 정체

　통계에 의하면 우리나라 인구 50%가 국내총자산의 2%를 소유한다고 한다(상위 10%가 54% 차지). 이것은 우리나라만의 특수한 경우인가, 그렇지는 않다. 어느 나라건 자본주의 체제에서는 빈익빈 부익부, 소득 불균형, 부의 편중 등은 피할 수 없는 현상인가 보다.

　이러한 문제점을 다소라도 완화하기 위한 최저임금 인상안이 요즘 오히려 여러 가지 논란을 일으키고 있다. 당사자들의 이해관계가 워낙 첨예하게 맞물려있고 작금의 우리나라 경제 상황이 신통치 않기 때문인 것 같다. 불과 얼마 전까지만 해도 '88만 원 세대'를 걱정하지 않았던가.

　이에 더하여 근무시간 단축을 위한 주 52시간 근무제 실행을 앞두고는 "저녁 있는 삶? 저녁밥이 없어진다!" 이런 자극적인 구호까지 나온다. 워라밸 같은 것은 한가한 소리고 아예 직장이 날아갈 판이라고 걱정한다. 반면에 한편에서는 "노동자가 1시간 노동에 만 원 받는 것, 주 52시간 이내 노동하는 것은 기본적이고 인간적인 상식이다. 디테일 부족을 문제 삼아 공격하면 안 된다"라는 주장도 있다.

"2019년 최저임금 8,350원×8시간×20일=1,336,000원" 이 단순한 수식을 가만히 들여다본다. 우리나라의 많은 극빈층과 차상위계층이 저 숫자와 관련이 있을 것이다. 저 액수는 올해 최저생계비 1인 가구 1,003,263원과 2인 가구 1,708,258원에 걸쳐있다. 최저임금과 상관있는 대다수의 사람들은 몇십 년을 반복적인 단순노동만 하는 사람들이다. 번 돈을 다 써버리는 구조라서 재화를 쌓을 여력이 없으니 앞날에 대한 청사진이 없다. 대한민국은 일 인당 국민소득 3만 불 시대를 앞두고 있다고 하고 세계 7위의 수출 대국이라는데 저 숫자들은 안녕한가.

헤겔은 변증법에 따라 '역사는 자유가 확대되는 방향으로 발전해 나아가고 있다'고 확신에 차서 주장했다. 과연 20세기에 접어들어 신분제도가 없어지고 여성과 유색인 등 소수자의 인권이 급속도로 신장되었다고 할 수 있다. 그러나 자산과 소득 격차로 말미암아 새로운 신분의 차이가 생겨나고 있는 것 같다. 출신성분에 의해서가 아니라 재산에 따른 계급사회로 가는 것이다. 미국은 연소득에 따른 그레이드에 맞춰서 사는 나라로 이미 알려져 있거니와 우리나라도 계층 간 이동은 이제 거의 불가능에 가깝다고 단정하는 사람들이 많다. 그런데 미국의 경우에는 우리나라와 달리 사회보장과 복지제도 덕분에 노후에 대한 불안감이 그리 크지 않다. 그래서 자신의 소득 수준에 안주할 수 있다. 반면에 우리는 사회안전망의 미비로 자녀교육과 노후보장을 스스로 해결해야 한다. 그리하여 자영업자 25%의 포화상태가 만들어졌다. 구조조정이 필요한 시점이다.

많은 이들이 저출산을 걱정한다. 대부분이 근근이 현상유지를 하면서 아무런 비전을 지니거나 미래에 대한 플랜을 세울 수 없는 상황에서는 육아는 힘에 부친다고 생각할 것이다. 그리고 그렇게 힘들여 키운 자식의 미래도 보나마나 별 볼 일이 없을 거라고 생각한다면 군이 자식을 낳으려고 하지 않을 것이다. 당장 누추하더라도 보다 나은 내일을 기대할 수 있었던 한 세대 전과는 이제 세상은 많이 변했다.

1862년에 존 러스킨이 출간한 『나중에 온 이 사람에게도 Unto This Last』에서 그는 마태복음에서의 포도밭의 비유를 통해 인도주의적 경제학을 펼쳤다. 포도밭 주인은 아침 일찍부터 일한 일꾼이건 오후 늦게야 참여한 일꾼이건 같은 품삯을 주었다. 당연히 먼저 와서 작업한 사람들의 불평이 있었다. 주인이 단호하게 말했다. "나중에 온 이에게도 똑같이 1데나리우스를 주는 것, 이것이 내 뜻이니라." 사회의 끄트머리에 있어서 기회를 가까스로 잡을 수 있었던 사람들에게도 동일한 보수가 지불돼야 한다고 주장한 이 책에 간디가 감명을 받았다. 그가 일개 변호사에서 세상의 '마하트마'(위대한 영혼)로 바뀌는 데에는 러스킨의 책도 일조를 한 셈이다. 모든 일꾼들에게 준 1데나리우스는 바로 기본소득 개념에 가깝다. 기본소득은 노동의 총량과 그 질에 관계없이 인간이 인간답게 살기 위해 필요한 최저의 생존비용이다. 이 점에서 기본소득은 경제가 아닌 인권의 문제라고 할 수 있다.

지인의 집에 가려고 무궁화호 열차를 탄 적이 있다. 강원도 어느 간이역이 몹시 한산했다. 너무나 깨끗한 쓰레기통에 휴지 등속을 버리려니 왠지 미안했다. 나를 마중 나온 이가 웃으면서 말했다. "쓰레기를 버리는 건 좋은 일이에요. 청소미화원에게 일거리를 주어야 해요."

내가 존경하고 좋아했던 인간 노회찬이 갑자기 이승에서 사라져버렸다. 그는 개인의 삶을 살지 않은 사람이다. 사회를 위하여 헌신하며 사리사욕이 기쁘지 않았던, 넓게 세상을 보는 사람이었다. 그를 죽음으로 몰고 간 아량이 없는 사회는 어쩌면 이다지도 야박한지 모르겠다. 이제는 그의 모습을 유튜브에서나 볼 수밖에 없다는 사실이 실감이 나지 않는다.

그가 이야기하는 6411번 버스의 진실, 이찬진으로 하여금 눈물 콧물을 흘리게 했다는 그 연설 속의 투명인간들에 대해 생각하면서 내가 오늘날의 나로 존재하도록 해주는 여러 가지 조건을 생각한다. 거리와 건물을 청소하는 사람들, 도로와 상하수도와 전기를 관리하는 이들, 치안을 맡은 사람들, 그들이 없다면 이 도시는 숨을 쉴 수가 없을 것이고 나의 하루가 궁색할 것이다. 나의 생존과 안녕을 위해서 나는 얼마나 많은 이들에게 신세를 지고 있는가. 그러니 나의 생존과 안녕을 위해서 도시의 삶을 시중드는 사람들에게 최소한의 복지는 필요한데 그것은 그러니까 그들을 위한 것만이 아니라 바로 나, 나의 행복과 안녕을 위한 조치라는 것이다.

누군가가 박경리의 『토지』를 읽었다고 하면서 우리나라가 반상의 구별이 그토록 심했었구나 하는 것을 소설을 통해 알았다고 했다. 누구라도 알고 있을 것 같은 조선시대의 신분 차별을 연세 높은 박사님이 모르고 있었다는 것이 의외였다. 그러나 다시 생각해보니 사람들은 항용 자신의 좁은 우물 속에 갇혀 사태와 진실에 엉뚱할 정도로 어두울 수도 있을 거라는 생각이 들었다. 소설에서 잘 묘사되어 있듯이 유복한 양반댁의 종은 의식주에 대한 걱정이 없다. 가난한 소작농은 일 년 내내 허술한 입성에 쌀밥 한 그릇은 제삿날에나 먹어볼 수 있다. 그러면서 신분의 우월감으로 종을 업신여긴다. 주인공인 어린 길상이는 어느 날 곡식 섬이 실린 소달구지를 얻어 타고 가면서 생각한다. 저 논밭에서 허리 펼 새 없이 일해서 추수한 농부들에게는 정작 이 곡식들이 차례가 안 가고 참판 댁과 친분이 있다는 한 양반 댁은 아무것도 한 일 없이 마차에 가득 실린 곡식들을 거저 받는다. 이 연유는 어떻게 된 것일까. 그때의 길상이의 의문은 지금도 현재진행형이다. 개인은 자신이 속한 사회로부터 현실에서나 의식에서나 벗어날 수가 없다. 그로부터 파생되는 편견과 선입견과 고정관념으로부터 우리는 얼마나 자유로운가.

사람들은 늘 아직은 때가 아니라고 했다. 개발독재 때는 민도가 성숙하지 않아서 서구적 민주주의는 아직 이르다고 했다. 분배와 복지를 말할 때는 아직은 파이를 더 키워야 한다고 했다. 최저임금을 보장하자고 하니까 그 때문에 아르바이트나 비정규직의 일자리가 오히려 줄어들어 저소득층이 고통을 받게 된다고 한다. 나는 왜 그들의 주장이 고양이 쥐 생각하는 것으로 들리는지 모르겠다. 내가 누군가에게 월급을 주는 처지가 아니라서 현실에 어두워서인가. 아직은 때가 아닌가, 아직은….

뿌듯함이야

어떤 TV 드라마는 무진장 나를 사로잡는다. 일 년에 한 두 편 정도는 감탄을 연발하며 만사를 제치고 몰두하는 드라마를 만나게 된다. 펑펑 울면서 봤던 〈나의 아저씨〉, 이 땅에 태어난 설움이 복받쳤던 〈미스터 선샤인〉, 가슴이 미어지게 슬펐던 〈눈이 부시게〉 등이 근래에 열중했던 시리즈였고 더 거슬러 올라가면 〈시크릿 가든〉〈밀애〉〈시그널〉 등이 기억에 남는다. 탄탄한 스토리라인이거나 기발한 판타지로의 이끌림, 발군의 연기력과 세련된 화면과 미장센 그리고 감칠맛 나는 대사의 조건이 갖춰진 드라마에 푹 빠지게 되는데 그 몰입의 경지가 못내 즐겁다. 대하소설과 영화가 주는 매력을 합친 드라마는 우리의 감성을 사로잡고 맑은 위로를 주며 나아가 깊은 깨달음도 선사한다.

올해엔 운 좋게도 3편이나 건졌다. '추앙하라'라는 화두 앞에서 '나의 추앙일지'라는 수식어를 만들어내는 한편, 드라마가 진행되는 내내 '해방'의 의미를 천착하게 한 〈나의 해방일지〉는 드라마로 쓴 에세이 같다. '날 추앙해요. 난 한 번은 채워지고 싶어. 사랑으로는 안 돼', 또는 '넌 절대 사랑을 갈구하지 마.' 같은 대사 하나하나가 사색하고 음미하기를 요청하므로 대본집을 구해보고 싶을 지경이다. '삶의 끝자락, 절정 혹은 시작에 서 있는 모든 사람들의 달고도 쓴 인생을 응원하는 드라마'라는 수식이 그대로 들어맞는 〈우리들의 블루스〉는 제주도의 수려한 풍광 속에서 평범한 남녀노소의 울고 웃는 애환에 공감하게 된다. 서사의 힘에 더하여 명성 높은 연기자들의 심신에 스며드는 명연기 덕분이다.

그리고 가장 최근에 방영된 〈이상한 변호사 우영우〉가 있다. '천재적인 두뇌와 자폐 스펙트럼을 동시에 가진 신입 변호사 우영우의 대형 로펌 생존기'가 서브 타이틀이다. 이 드라마에서는 등장인물들의 개인사와 함께 법정드라마가 이중구조를 이루는데 그 교집합의 정교함이 놀랍다. 영우가 사건 해결의 실마리를 떠올리는 장면마다 등장하는 고래의

CG가 화면 가득 펼쳐지는 환상적 장면은 가히 압도적이다. 현실과 비현실이 사이좋게 대화를 나누며 아름다운 조화를 이뤄내는 가상공간, 그 상상의 펼쳐짐 가운데 나는 가슴이 벅차다. 주인공 우영우는 말한다. "제 삶은 이상하고 별나지만 가치있고 아름답습니다."

그중에 나에게 던져진 깊은 임팩트는 마지막 회에서 우영우가 외친 "뿌듯함이야!"다. 비정규직에서 탈피하여 비로소 정규직으로 첫 출근하는 날 아침, 영우는 자신의 심정을 표현하고 싶다. 그런데 딱 들어맞는 낱말이 떠오르지 않는다. '행복'도 '만족'도 그 어떤 것도 충분하지 않다. 그 모색은 하루 종일 이뤄진다. 저녁이 되어서야 마침내 가장 적합한 낱말을 떠올리는 것에 성공한다. 뿌듯함이라는 말이야말로 자신이 이뤄낸 성취에 대한 자긍심과 기쁨을 두루 적절하게 품고 있다고 여긴 것이다. 가장 적절한 단어 하나를 찾기 위한 골똘한 궁리는 수필을 비롯한 문학인의 여정과 닮았다. 이야말로 언어가 불러들이는 영감의 순간, moment of inspiration이다. 영감은 어떻게 오는가. 낱말로도 오고 사건으로도 오고 상상력에서도 온다. '뿌듯함'이라는 단어 하나에 나에게도 모처럼 영감의 순간 비슷한 감동이 찾아들었다. 영감 속에서는 현실에서 떠나 공중부양이 가능하고 잠시라도 나를 잊는 경지의 황홀함에 잠길 수 있다.

천재소년 화가이면서 작가인 전이수의 전언은 말과 생각에 대한 사유의 념을 북돋운다. '생각은 걷고 나는 걷고/ 생각을 많이 한 날 머리가 아프다는 것을 알았다./ 생각을 중지시키려고 했으나 생각은 나보다 앞서서 걷고 있었다./ 그래서 나는 마냥 걸었다./ 내 몸이 내 마음이 가벼워지고 있음을 알았다./ 생각의 무게는 무척 무거운가 보다.' 그러면서 소년은 따뜻하게 말한다. '상냥하고 따뜻한 말에는 꽃이 핀다./ 고맙다 예쁘다 사랑스럽다 널 믿는다 참 잘했다./ 살아가면서 힘이 되고 도움이 되는 말은 생각보다 소박하다.' 이에 대한 대구와 같은 하상욱 시인의 짧은 잠언도 내게는 몹시 실감이 난다. '점점 더 중요해진다. 중요하지 않은 이야기를 나눌 수 있는 사람들이.' 새삼 내 주변 다정한 사람들의 얼굴이 환하게 떠오른다.

〈눈이 부시게〉의 마지막 내레이션은 내게 기억하고 싶은 아포리즘으로 남았다.

내 삶은 때론 불행했고 때론 행복했습니다. 삶이 한낱 꿈에 불과하다지만 그럼에도 살아서 좋았습니다. 새벽의 쨍한 차가운 공기, 꽃이 피기 전 부는 달큰한 바람, 해 질 무렵 우러나는 노을의 냄새. 어느 하루 눈부시지 않은 날이 없었습니다.

지금 삶이 힘든 당신, 이 세상에 태어난 이상 당신은 이 모든 걸 매일 누릴 자격이 있습니다. 대단하지 않은 하루가 지나고 또 별거 아닌 하루가 온다 해도 인생은 살 가치가 있습니다.

후회만 가득한 과거와 불안하기만 한 미래 때문에 지금을 망치지 마세요. 오늘을 살아가세요.

눈이 부시게!

당신은 그럴 자격이 있습니다. 누군가의 엄마였고, 누이였고, 딸이었고 그리고 나였을 그대들에게….

정봉구 수필가는 사르트르를 번역하면서 '무모한 순교'를 '무모한 정열'로 오역한 것을 생전에 수필 속에서 길게 고백한 적이 있다. 물론 명백한 오역이었다. 'passion'은 정열과 순교라는 의미를 다 가지고 있는데 사르트르의 언급은 '순교'다. 그러나 나는 '무모한 정열'이라는 말에 의미를 부여한다. 중국의 한 거지가 당장의 필요에 의한 것이 아닌 은전 하나를 손에 쥐고 한없이 기뻐하며 포만감을 느끼는 장면을 펼친 피천득의 '은전 한 닢'의 경우, 이야말로 '무모한 정열'이라는 표현에 제대로 들어맞는 것이 아닌가 생각한다.

그런데 우리의 예술행위가 곧 무모한 정열의 소산이라는 생각이 든다. 예술작품이 각광을 받아 그 예술가에게 명성을 가져다주고 나아가 그가 부와 명예와 더불어 문화권력의 위상을 누린다 해도 그건 어디까지나 결과일 뿐 예술과 문학을 향한 정열 그 자체는 무모한 정열이다. 예술행위는 그러니까 우영우 변호사의 외침, '뿌듯함이야!'를 향한 것이다. 그 뿌듯함을 쟁취하려는 과정에 수필가는 시인은 소설가는 밤을 새워 고뇌하고 제대로 된 표현 하나를 찾아 헤맨다. 화가가 음악가가 저술가가 절차탁마의 길을 가는 고독한 정열, 무용한 정열이다. 그러나 뿌듯함을 향한 정열이다.

행복어 사전

Je t'aime; 종이 한 장 가득 "당신을 사랑합니다"를 수십 번 빼곡히 써넣는다. 전쟁터의 남자가 아내에게 보내는 편지다. 옆의 사람이 제발 이곳의 소식을 알리라고 타이른다. 그러나 그 사람은 막무가내로 '쥬 뗌므'만을 고집한다. 목숨이 경각에 달린 때에 그는 사랑하는 대상으로 자신의 전존재를 가득 채우고자 한다. 어느 영화의 한 장면이 상당히 인상적이었다.

우리는 고지식한 마음, 우직하고 순수한 사랑을 꿈꾼다. 쓰라림 속의 달콤함, 안타까운 감정의 절실함도 함께.

행복어사전 1장. 사랑의 능력을 지니고 그를 표현할 줄 아는 빛나는 축복.

To be loved; 그는 '서울' 등을 쓰려다가 어김없이 '서숙'으로 쓰곤 "에이, '서'자만 나오면 자동으로 '숙'이 써져, 나도 모르게." 투덜거렸다. 성가셔 죽겠다는 그 푸념의 말이 나는 어떤 사랑 고백보다 좋았다. '동그라미 그리려다 무심코 그린 얼굴'의 노랫말을 들으면 생각나는 추억이다.

행복어사전 2장. 사랑 받고 있다는 느낌이 확신으로 다가올 때의 투명한 기쁨.

사랑이란; 초등학생인 어린 손녀가 할머니에게 한글을 가르치려 애쓰는 풍경을 본다. 제법 선생님의 흉내를 내는 야무진 손녀 앞에서 할머니는 글자를 깨우치려는 열성으로 다소곳하다. 웃고 장난치며 하는 학교놀이 속에 자긍심으로 손녀는 즐겁다.

우리 식구는 할머니가 글을 모른다는 것을 기정사실로, 아무도 할머니에게 글을 가르쳐 드릴 생각은 미처 하지 못했다.

사람들은 어머니를 자식에게 아낌없이 마냥 베풀기만 하는 존재로 여긴다. 쉴 곳이며 마음의 고향이라고 하면서도 어머니의 인생은 자신의 생에서 쉽게 소외시켜 버린다. 사랑은 헌신이라고 말할 때, 어리석게도 우리는 헌신을 받고 싶다는 생각만을 하는 것은 아닌지.

행복어사전 3장. 내게 소중한 뭔가를 사랑하는 이에게 바치며 우쭐해지고 싶은 마음.

포부 그리고 절제; 세상에 대한 기대로 충만할 때 우리의 생은 활기를 띤다. 목표를 정하고 매진한 후, 노력 끝에 만족할 만한 성과를 이루어 보람을 누린다는 것보다 더 좋은 일은 없을 것이다. 치열한 고뇌 뒤에 오는 희열은 그만큼 강렬하다. 그러나 그 반대의 경우를 항상 대비하지 않으면 안된다. 도약과 질주의 주변에는 언제나 박탈감과 상실감 그리고 상대적 빈곤감이라는 복병이 숨어 있다. 그러므로 결실의 추구 못지않게 욕심을 제어하는 절제의 능력이 중요하다. 내 마음의 꽃밭을 일굴 때, 어떤 규모로 어떻게 가꿀 것인가를 잘 가늠해야 한다. 남의 꽃밭과 섣불리 비교하기를 삼가고 자신의 능력에 대해 생각하는 게 좋다. 제아무리 좋아 보이는 것도 버거우면 짐이고 부담이다. 평등하지 않다는 점에서 인간은 평등하다는 위안이 있지 않은가. 나의 분수는 내 도움닫기 만큼이다.

행복어사전 4장. 비상을 위해 활짝 펼쳤던 날개, 고이 접어 깃털 가지런히 눕히는 지혜.

I-ness, **자존심**; 민주주의라는 것이 이제까지의 정치 형태 중에서 최상의 것이긴 해도 완벽하지는 않다. 다수결로 정해지는 세상사에는 언제나 소외계층, 소수자가 존재하기 마련이다. 그것은 결국 남의 행복을 빼앗아 내 것으로 하는 꼴이다. 그러므로 모름지기 이상적이려면 사적인 행복의 추구가 공적으로도 이득이 되는 경지, 내가 나를 위할 때 그것이 타인을 위한 것도 되는 경지이다. 자리이타自利利他가 어려운 일 같지만 그리 못 이룰 것도 없지 않을까? 적극적인 실현의지와 넓은 포용력이 있기만 하다면.

'누구라도 할 일이면 내가 하자. 언제라도 할 일이면 지금 하자. 이왕 할 일이면 잘 하자.' 심드렁하게 보아온 교훈적인 경구에 지나지 않던 말들인데 살아갈수록 마음이 끌린다. 거기에 한 마디를 덧붙인다. '내켜서 하는 일에 대가를 바라면 안 된다.' 자기를 줄이고 그 자리에 다른 대상을 들여놓는 일이 결코 쉽지 않다. 우리의 인생이 회한으로 가득 차는 것은 자기를 덜어내는 것에 대한 부족함 때문이다. 진정한 자존심이란 자기 앞의 생에 열熱과 성誠을 다하는 것이다.

행복어사전 5장. 최선을 다 한다는 것은 공功은 잊고 과過는 내 것으로 한다는 의미.

마음의 평화; 절에 가면 부처님께 삼배를 올린다. 사람들은 흔히 내게 절하면서 무엇을 소원하느냐고 묻는다. 내가 과연 세상에게 뭣을 이뤄달라고 기도할 것이 있는가. 물론 당장 가족이 아프다든가 하는 불가항력의 경우에 당하여는 신에게 매달리기도 할 것이다. 범상의 때에 사는 것은 내 실력으로 헤쳐 가는 것이다.

어느 스님의 말씀을 늘 새긴다. "뭐 잘한 게 있어서 복 달라고 하는가. 복 짓게 해달라고 빌어라." 바라기는 그저 평상심을 주십사.

행복어사전 6장. 조용히 마음이 정화되는 상태가 찾아오는 것을 기다리기, 그 즐거움.

상상의 세계; 어렸을 때 신데렐라나 백설공주 등의 동화책을 읽으며 상상의 나래를 펼치곤 했다. 나중에 나온 디즈니월드의 만화영화 속 주인공들의 모습은 아름다웠지만 나의 상상력의 여지를 무너뜨렸다. 지나치게 똑똑한 세상은 나만의 상상이 만들어내는 어설픈 세계를 다소간 앗아가곤 한다. 애석한 환멸이다. 보라색의 광채일 것이라고 믿었던 다이아몬드가 무색이라는 사실을 알고 났을 때, 엄청 실망했다는 어느 소녀의 이야기처럼.

행복어사전 7장. 가끔 찾아가는 동화책 속에는 잊었던, 잃었던 꿈이 고스란하다.

Talk and Play; 우리는 대화를 나눈다고 하면서 항상 자기 얘기에만 열심이다. 마치 독백이다. 얘기를 나눈다는 것은 나를 알리기 위한 광고판도 겸하여 상대를 알기 위한 탐색의 장이다. 남에게 관심을 기울이는 것은 대화와 소통의 첫 번째 관문이다. 한 인간을 알아가는 과정이 있고 나서야 충분한 대화를 나눌 마음의 벗이 생긴다.

여행 등 자기가 하고 싶은 일을 하면서 생계도 꾸려갈 수 있다는 말에 이끌려 생물학자가 된 사람이 있다. 취미가 일이 되고 곧 놀이가 되는 것은 가장 이상적인 행운이다. 즐겁게 놀이 삼아 일하다 보면 창조적인 작업은 부수적으로 이루어질 것이다.

그러나 그게 쉽지만은 않아서 차선책으로 레크리에이션 recreation이 필요하다. 말 그대로 재창조. 지금은 바야흐로 부가가치value-added의 시대다. 개미와 베짱이의 우화에는 이제 대폭적인 손질이 가해지고 있다. 개미의 부지런함은 베짱이의 노래로부터 위안을 구한다.

행복어사전 8장. 친구여, 아니 노지는 못하리라.

집중과 몰입; 아주 어려운 내용의 책을 보고 있었다. 가까스로 읽어나가는 중에 아무리 들여다봐도 도대체 이해가 되지 않는 부분을 잡고 밤이 깊도록 끙끙대다가 잠자리에 들었다. 새벽에 눈이 떠졌다. 벌떡 일어나 다시 책상 앞에 앉았다. 어젯밤의 그 부분이 갑자기 환하게 알아진다. 과연 독서백편의자현讀書百遍義自見이다. 그런데 그게 왜 그렇게 좋을까. 밥이 나오나, 떡이 나오나. 그야말로 '무용한 정열'이다. 매사에 아주 고도의 집중을 했을 때 다가오는 깨달음의 희열이 이른바 말하는 '고상한 즐거움'이라는 것이다.

행복어사전 9장. 현란한 지적 유희보다 유쾌한 것은 없다.

회상; 삶은 슬프지도 기쁘지도 않고 그저 시시하거나 삭막하고 때로 비루하다. 그래서 나는 주위의 사람들에게 살면서 언제 가장 행복하였는지 곧잘 묻는데 대부분은 대답에 뜸을 들인다. 선뜻 생각이 나지 않는 표정이다. 우리에게 행복한 시절이란 그만큼이나 드물게 찾아오는 것인가 보다. '아무도 무지개를 10분 이상 바라보지 않는다'는 영국 속담이 있다. 행복은 무지개를 오래 바라보는 것이 아니라 잠깐 본 무지개를 오래 기억하는 것인지도 모른다. 나는 사람들이 '과연 언제 가장 행복하였을까?' 하고 곰곰 생각하는 표정을 짓는 것을 볼 때가 좋다.

행복어사전 10장. 잘 갈무리된 추억의 저장고 앞에서 퇴색하지 않는 아름다웠던 순간들.

결핍과 포만 사이; 그러나 행복의 조건은 생각보다 까다롭다. 잊고 싶은 기억을 다 지우고 행복했던 순간만을 기억에 남긴다고 행복해질까. 오히려 행복한 순간만을 쌓아놓으면 더는 행복이 아닐 것이다. 온통 장미꽃밭이기만 하다면 어떻게 그 아름다움을 알 것인가. 지나온 가시밭길이 있어 앞에 펼쳐진 장미꽃밭이 황홀하다. 결핍을 모르는 자, 그들은 진한 행복을 모른다.

파리지앵이 멋쟁이인 이유가 있다. 정작 그들이 치중하는 관심사는 식생활이므로 생활비의 대부분은 먹을거리에 소비된다. 심미안은 높지만 여유는 빠듯하여 옷 한 벌을 장만하기 위해 매우 심사숙고하며 공을 들인다. 멋스러운 차림은 그 고육지책의 산물이다. 선택의 고민을 할 필요가 없는 부자나 외모가 완벽하여 결점을 가리려고 애쓰지 않아도 되는 미인은 대체로 자기만의 분위기를 지니거나 개성을 갖추기가 어렵다. 그러니 결점이 개성을 만든다고 할 수 있다. 오늘의 결함 많은 내 인생을 한탄하지 말지어다.

한 시인이 자신의 시를 해설하였다. 사람들이 이구동성으로 시보다 해설이 더 좋다고 한다. 시가 있고서야 해설이 가능할진대 이런 반응은 시 자체에서 느끼는 모종의 부족함을 해설이 채워 비로소 시를 완벽하게 이해하게 되었다는 포만감 때문일 것이다. 시장기가 가신 후에 찾아오는 포만감을 생각한다.

행복어사전 11장. 부족함이 있고서야 비로소 온전함의 비경이 펼쳐진다.

그리스의 신들처럼; 올림포스의 산정에서 신들은 감미로운 넥타르를 마시고 암브로시아를 먹으며 불로장생이며 마음껏 사랑한다. 또한 수족으로 부릴 인간들이 도처에 있다. 그 모습은 유한존재인 인간이 추구하는 이상적인 삶의 형태다. 그 상상의 산물인 그리스 신화는 인류의 염원을 보여주는 방식으로 오늘날도 변함없이 유효하다. 그 중에도 훌륭한 의식주 따위의 생물학적 안락감과 쾌락을 주는 모든 것 creature comforts들이 우리에게 주어지기를 꿈꾸지 않던가.

사소한 일상에서 행복을 찾으라고 한다. 아침에 남편은 바쁘다. 냉동블루베리로 쥬스를 만들고 버터를 바르고 치즈를 녹인 토스트를 구워 식구들을 먹인다. 커피 한 잔과 함께

하는 나의 아침식사. 저녁에 수밀도의 풍부한 과즙을 흘릴 새라 조심조심 탐닉하며 맛있게 깨물어 열심히 먹는 남편을 바라보는 것에 나는 가슴이 뭉클하다. 그래서 우리는 오늘도 제우스와 헤라가 부럽지 않다.

행복어사전 12장. 오늘 내 몸이 편안하니 정신도 그지없이 평안하구나.

오리무중, 인간의 진면목

인공지능(AI; Artificial Intelligence)이 바야흐로 인간들의 시중꾼 신세에서 벗어나려 하고 있다. 이들은 인간이 인간적 존엄성으로 지키던 고유의 영역을 슬슬 차지하기 시작했을 뿐만 아니라 그 실력 발휘가 인간 능력을 훨씬 뛰어넘는 지경에 이르렀다. 동시통역으로 바벨탑의 저주를 풀었다. 의사와 판사 등 전문직을 차지하고 소설을 쓰고 작곡하는 일도 척척이다. 가히 전 방위적이다. 이런 추세로 나아간다면 얼마 지나지 않아 인공지능의 자가복제에 의해 인간은 AI의 지배를 받게 될 것이라고 불길한 예측을 내놓는 이들이 많다. 심지어는 앞으로 인간은 주체성을 잃어버리고 인공지능의 애완물로 전락할 것이라고도 한다.

그러나 정재승 뇌과학자는 AI가 인간을 지배하지는 못하리라고 예측한다. 인공지능이 인간을 지배하기 위해서는 세 가지 주된 조건을 갖춰야 한다. 첫째, 자기 자신을 의식해야 한다. 둘째, 지배 욕망이 있어야 한다. 셋째, 인간에 대한 적대감이 있어야 한다. 그런데 인공지능은 자기 인식을 못 한다. 감정과 욕망, 살아야겠다는 의지를 AI가 장착하기는 거의 불가능에 가깝다.

그는 이에 대해 이렇게 설명한다. 오늘날의 인간이 이룬 문명이 업적의 기반으로 여기는 수학과 언어 등은 겨우 만 년의 진화 과정을 거쳐서 형성되었을 뿐이다. 반면에 인간에게 내재한 감정, 의식, 욕구는 수백, 수십만 년의 진화 과정을 거쳐 형성된 아주 고등한 기능으로 아직도 그 정체를 일목요연하게 파악하지 못하고 있다. 가령 무언가가 좋을 때, 그냥 좋거나 그냥 싫거나, 분명한 대답이 어려울 때가 많다. 이러한 미묘하고 애매한 경지는 인공지능에 넣을 수가 없다. 또한 인간의 탁월함은 공감 능력에 있다고 덧붙인다. 공감이란 우리의 뇌의 리소스를 아주 많이 쓰는 일로서 이도 또한 매우 고등한 능력이다. 공감 능력을 포함한 추상적 개념들을 인공지능은 축적할 수 없다.

이를 거꾸로 이야기하면 감정, 의식, 욕망 추구, 공감 능력

등이야말로 인간 고유의 특성이다. 소위 만물의 영장이라는 의미도 이러한 마음의 작용에 의한 것이며 현재까지의 문화와 문명의 진행 과정도 그로부터 기인하는 것이다. 그런데 인류가 가열하게 추구하여 개발 발전시킨 도구에 인간들이 되잡힌다는 역사의 아이러니는 또 무엇인가.

인간이 지닌 것, 인간이란 무엇인가.

헤르만 헤세는 1930년에 소설 『나르치스와 골드문트』를 출간했다. 그의 나이 50세가 넘어서였다. 이 소설은 오랜 기간 전 세계의 청년 독자를 매료시켰다. 두 주인공 중에 나르치스는 지성을, 골드문트는 사랑을 상징한다. 그래서 초기에는 한글 번역본의 제목이 『지와 사랑』이었다. 인간이 추구하는 궁극의 두 가지 가치를 지극히 대조적인 두 인물이 대변하는데 이를 통해 헤세의 내면 풍경이 그려진다. 이로써 젊은 날의 헤세의 정신적 방황을 이해하고 공감할 수 있다. 영혼의 정체를 규명하고자 추구했던 젊은 시절 한때의 시간을 독자들이 공유하기 때문이다.

수도사 나르치스는 이성적이고 합리적이다. 어느 날 수도원에 골드문트라는 감성적인 인물이 들어오고, 두 사람은 기질 차이를 넘어 우정을 쌓는다. 영성과 지성과 금욕의 화신인 나르치스에 비하여 골드문트는 자연과 예술, 감각과 열정에 몰입한다. 인간 본성의 극단적 양면을 철저하게 육화한 두 주인공이 정반대의 길을 가면서도 우정을 나누는 줄거리가 매우 흥미롭게 펼쳐진다.

소설은 지성과 감성, 종교와 예술, 학문과 자연, 아폴론의 코스모스적인 질서와 디오니소스의 카오스적인 열정으로 대립되는 세계를 나타내는 두 인물, 나르치스와 골드문트가 나눈 사랑과 우정, 이상과 갈등, 방황과 동경 등의 성장기 체험을 진지하게 추적한다. 이에 대해 헤세 스스로 '내 영혼의 자서전'이라고 이야기했다. 그러므로 이 작품은 자전적 소설이면서 성장 소설이기도 하다.

그런데 헤세는 이성의 세계를 상징하는 나르치스보다 감성의 세계를 대변하는 골드문트에 더 애착이 있는 것처럼 보인다. 대부분의 우여곡절은 골드문트가 일으키는 것이고 나르치스는 당면한 문제들을 해결하는 일에 나선다. 골드문트는 방황과 방랑, 예술에 대한 동경, 여성과 관능에 대한 욕망으로 끊임없이 낯선 세계에 부딪히는 청년이다.

이 소설은 그러므로 헤세의 예술론이기도 하다. 골드문트가 세상을 인식하는 모든 과정, 여자들과의 관계에서 관능에 눈뜨고 감각을 발전시키는 모든 여정은 마침내 예술적 계기를 이끌며 창조라는 궁극의 지점을 향한다.

소설에서 이분화 시켜서 두 친구의 성향으로 구축한 나르치스의 '이성'과 골드문트의 '감성'은 기실 인간 모두에게 내재된 성향이다. 우리는 대체로 이 두 가지의 속성을 함께 지니고 있다. 그러므로 이 책은 인간의 정신적 성장은 온갖 경험을 바탕으로 이루어진다는 성장소설이면서 인간이 추구하는 가치 영역에 대한 천착이기도 하다. 사상가로서 어떤 법칙을 탐구하고 생각을 정리하거나 예술가로서 어떤 형상을 창조하거나 이것들은 인간으로서는 가장 고등한 추구영역인 것이다.

인간만의 탁월한 제반 능력을 '지와 사랑'이라고 할 수 있으며 우리는 그에 대한 정의를 내릴 수 있다. 무지와 고독은 지와 사랑의 대척점이다. 무지로부터 오는 존재 위협의 공포는 '앎'으로 해결할 수 있다. 인간이란 알아야 살 수 있는 존재다. 즉, 지성의 힘에 의존하여 살아간다. 반면에 고독에서 오는 공포는 사랑으로 극복 가능하다. 사랑이란 '관계'를 함의하기 때문이다.

자기의 존재 보존은 '지와 사랑'으로 비로소 가능해진다. 그러므로 충만한 존재감을 위해서는 알아야 하고 사랑해야 한다. 그러니까 '지와 사랑'은 '앎과 관계'라고 할 수 있으며 다른 말로 하면 '깨달음과 나눔'이 우리 인생의 목적이 된다.

만약 예술이 인간 마음의 투영이라고 한다면 아무리 보아도 추상과 자연주의라고 하는, 이 두 가지 예술 양식은 인류가 존재하는 한 어떤 식으로든 영원히 나타나게 될 것 같다. 추상은 사유에 의한 지성의 발로로서 앎을 기반으로 한다. 자연주의는 사랑에서 비롯하므로 가시적인 모든 것에 애정을 기울이는 관계 형성 과정이다.

무지와 고독으로부터 우리가 온전히 벗어날 수 있는 저 빛나는 세계, 지와 사랑의 경지로 다가갈 수 있다는 것은 얼마나 멋진 일인가. 오리무중에서 헤매는 삶일지라도 엄연하게 해답은 저만큼에서 우리를 기다리고 있을 것이다.

즐거운 미래

올림포스 산정의 신들도 오욕칠정에 시달린다. 그들이 인간보다 우월한 건 불멸不滅이며 밥벌이를 위한 노동을 하지 않는다는 것이다. 필멸必滅이며 생존을 위한 노동에 시달렸던 인간은 그러한 삶을 지극히 동경하여 그리스의 신들을 상상해냈다. 신화에서 신들은 인간을 수족처럼 부려먹는다. 그것을 인간세계에 반사한 것이 귀족과 노예의 신분제다. 맹자도 노심자(勞心者, 마음을 쓰고 사는 자)와 노력자(勞力者, 힘을 쓰고 사는 자), 식인자(食人者, 사람에게 밥대접을 하는 자)와 식어인자(食於人者, 사람에게 밥대접을 받는 자)가 따로 있다고 말하였다. 누군가가 누군가를 부려먹는 것이 지금까지의 인간사다.

그런데 바야흐로 인간도 영생과 무노동의 꿈을 꿀 수 있게 되었다. 마치 청소기와 세탁기가 하녀의 일거리를 대신하는 것처럼 앞으로는 인공지능을 장착한 로봇이 노예를 대신하여 인간의 시중을 들 것이다. 이제 인간은 직접 생산 활동에 종사하지 않아도 풍요로운 삶을 살 수 있게 된다. 그리스 신들이 부럽지 않다. 그런데 조만간 달성될 것으로 보이는 오래된 숙원 앞에서 정작 인간들은 별로 기쁜 표정이 아니다. 그것은 멀미 때문일 수도 있고 조급증 때문일 수도 있다.

어쨌거나 조만간 예상할 수 있는 세상을 그려본다.

어제까지의 불치의 병이 치료와 회생 가능 프로그램으로 바뀌었다. 줄기세포를 이용한 복제에 의하여 장기를 새것으로 교환하는 등의 의술이 발달하는 속도를 보면 수명 연장은 백세시대를 넘어 가속도가 붙을 전망이다. 더 나아가 영원히 죽지 않는 날이 올 것을 기대해 본다.

화석 에너지의 고갈과 원자력 발전의 위험을 피해 대체 에너지의 개발에 힘을 기울인 덕분에 드디어 수소 에너지의 상용화가 이뤄졌다. 물에서 수소가 나오고 수소는 물을 만들어내니 이는 그야말로 무한동력이다. 에너지 걱정이 완전히 사라졌다.

사물인터넷을 장착한 냉장고 안의 우유가 떨어지면 연결

된 상점에 주문이 들어가고 드론에 의해 배달되고 대금은 결제된다. 전자동 시스템은 완벽하다. 빅데이터와 인공지능으로 무장한 첨단로봇은 인간에게 필요한 모든 것을 생산조달할 수 있다. 공장과 농장은 사람의 손길이 없이도 저절로 굴러가고 기후 변화에 따른 대처방안도 마련된다. 정확한 수요예측으로 과잉 생산하지 않으므로 재고가 쌓이지 않는 가운데 누구나 자신에게 필요한 물품을 제공받으면 그걸 소비하고 소비는 생산으로 이어지는 경제의 선순환이 이루어진다. 인간은 노동으로부터 소외되어 빈곤으로 떨어지는 게 아니고 노동으로부터 해방되어 풍요를 누릴 것이다. 당연히 세상은 평화롭고 전쟁의 아비규환은 옛날이야기가 되었다.

앞으로는 먹고살기 위해 하기 싫은 일을 억지로 할 필요가 없다. 지난번의 스위스 국민투표가 그에 대한 단초端初를 제공하였다. '생계를 위한 노동에서 벗어나 인간적 품격을 유지할 수 있도록 하자'는 목적의 법안은 '지식인 모임'의 주도하에 2013년 정식 발의됐다. 매달 대략 300만 원의 기본소득을 모든 성인에게 제공하자는 것인데 유권자 10명 중 8명은 반대표를 던졌다. 하지만 투표 덕분에 이 문제가 세계적 관심사로 떠올랐다. 하고 싶은 일만 할 수 있는 시절이 실현되는 시기는 아마 이번에 부결된 기본생계비 지급이 보편화되는 시점이 될 것이다. 이때에는 경제의 선순환으로 제대로 분배가 되고, 일 한 만큼의 대접이 아니라 생존한 만큼의 대접이 인간에 대한 예우로 여겨지게 될 것이다.

옛날에 귀족들은 하인이 없으면 아무것도 혼자서는 할 수 있는 일이 없었다. 먹고 입고 생활하는 일거수일투족을 남의 손에 의지해야 했다. 이제 기계에 대한 의존도가 높아질 미래세대는 실생활에 무능했던 귀족들의 삶을 닮아갈 것이다. 인간은 한없이 게을러지다가 점점 바보가 되든가 자극을 위한 욕구 충족으로 타락할 것이다. 반면에 자체 진화를 거듭한 인공지능이 마침내 인간을 지배하게 될 것이다. 이런 묵시론적 진단도 있다.

걸음마를 시작한 아기들의 모습에서 그 해답을 구한다. 층계참에 서면 내려갈 수도, 올라갈 수도 있다. 그러나 아기들은 올라간다. 계단을 기어서 올라가려는 아기들처럼 인간은 저 높은 곳을 향하려는 원초적 욕구를 지닌다. 그것을 희망이라고, 꿈이라고 불러도 좋겠다. 인간은 진리와 진실을 추구하고자 하는 본능적인 충동을 지니고 있으므로 내재하는 성취욕으로 자기를 완성해 가고자 한다. 이는 왕성한 호기심과 창작 욕구로 이어진다. 그리하여 과학과 예술의 만남(collaboration)으로 환상이 현실이 되는 완벽하고 아름다운 세상이 펼쳐지게 될 것이다. 사람들은 자기가 진정으로 원하는 일을 함으로써 인간다움을 유지한다. 보다 진화한 인간형의 등장으로 과학의 발달이 재앙이 아니라 축복이 된다.

지금 나에게 필요한 것은 길거리의 청소부, 수도와 전기를 공급해주는 시스템이다. 이 도시라는 거대한 유기체가 제대로 작동하려면 많은 이들이 궂은일을 떠맡아야 한다. 그러나 누군가가 편하기 위해서는 누군가의 수고로움이 있어야 한다는 만고의 지당한 말씀이 더 이상 지당하지 않게 되는 세상이 도래한다. 기계문명의 발달에 힘입어 아무도 더이상은 궂은일을 할 필요가 없다. 누구도 원치 않는 일을 하지 않아도 된다면 얼마나 좋겠는가. 다른 이들을 먹이고 입히기 위해 수고하고 힘쓰는 사람이 따로 필요 없는 세상, 고단한 희생 없는 멋진 세상을 꿈꾼다.

그럼에도 불구하고 알 수 없는 미래가 불안하다. 좀 더 나은 세상이, 아니 아주 좋은 세상이 저 앞에 펼쳐진다는데 그 신기루가 버겁다. 늘 예측을 앞지르는 과학 문명의 발달 속도에 질리기 때문이다. 예전에는 상상하고 그것이 현실이 되는 신기한 체험을 마냥 즐기면 되었는데 지금은 상상을 초월한 뭔가의 등장이 우리의 삶을 위축시킨다. 쫓기는 심정으로 끊임없이 새로운 것을 받아들여야 하는데 적응이 쉽지 않다. 그러니 피로감과 반감만 쌓인다.

병을 주는 것도 인간, 약을 주는 것도 인간이다. 득과 실의 경계에서 문제점을 예견하니 처방전도 마련할 것이다. 인간은 짧게 보면 착오도 하고 퇴보도 하지만 길게 보면 결국은 진전해 나아갔다.

4부

달하 노피곰 도드샤

이 깊음

자명玆明, '이 밝음'

언어는 그에 깃들인 기운에 따라 제 나름의 격조와 울림을 지니는데 어떤 말은 그 한마디 속에 많은 기미와 갈피를 전한다. 나는 이와 같은 미묘한 흔들림에 기쁘게 반응하며 즐거이 짐작하고 헤아린다. 때로 절제된 언어의 묘妙가 극치를 이루면 마침내 한껏 고양된 정신의 진수를 맛보게 된다. 기꺼이 언어의 미니멀리즘에 심취한다.

오래전에 '이 밝음'이라는 제목으로 쓴 글의 한 대목이다. 이 글에 관심을 보인 이가 내게 자현玆玄이라는 이름을 지어주면서 호로 삼으라고 하였다. '이 깊음', '이 밝음'의 대구다.

그런데 재미있게도 玆玄을 파자하니 玄(현)이 세 개다. 깊고, 깊고 또 깊다.

玄은 무언가 딱 부러지게 표현하지 못할 의미들을 품고 있다. 玄의 '검다'는 흔히 말하는 黑, Black이 아닌 Dark다. 그리하여 멀다, 아득하다, 고요하다, 오묘하다, 그윽하다, 흐리다… 등의 뜻을 가진다. 천자문의 천지현황天地玄黃에서 하늘天은 아득하고 멀다(玄)고 하듯이 심연이라든가 허공의 막연 막막함을 내포한다.

'이 깊음'의 세계는 심오 그윽하다. 녹음 속 나무 그늘에 앉아서 존재의 심층을 들여다본다. 골똘하게 웅숭깊게 세상을 응시한다. 침잠은 솟구쳐 어느덧 눈길을 모아 시야를 펼친다. '이 밝음'의 세계는 청량 양명하다. 기쁜 기운을 흠뻑 받아 살아있음에의, 생명에의 찬탄으로 햇빛 속을 거닌다. 마음은 그저 청명하고 아찔한 바닷가 햇살, 마구 빛난다.

깊은 잠

오딜롱 르동의 '감은 눈'의 주인공은 바다 위에 떠 있다. 나도 그처럼 허공 위에 부유하던 기억이 있다. 으슬으슬 몸살 기운을 애써 무시하고 칭따오로 여행을 떠났었다. 약을 먹었으니 괜찮겠거니 했는데 증세가 더 심해지고 말았다. 정신은 휘둘리고 뱃속이 울렁거려서 아무것도 먹을 수가 없었는데 다행히 열은 없었다. 하루는 아예 숙소에 홀로 남았다. 일행은 모두 일정을 소화하러 떠나가고 적막하고 고요한 사각의 방에서 온종일 한사코 쏟아지는 잠 속으로 빠져들었다. 침대 위의 몸이 저 아래로 한없이 깊이깊이 가라앉고 있었다. 자고 또 잤다. 그때의 '잠'은 잊을 수가 없다. 약에 취하고 심신의 노곤함에 취하고 잠에 취했다. 낯모르는 타국에서 호텔 방에 덩그마니 남겨졌는데도 평온한 느낌이었다. 결코 힘들거나 두렵거나 고통스럽지 않았으며 감미롭기조차 했다. 달콤한 수렁이었다. 집으로 돌아와서도 잠에의 유혹 속에 만 하루는 더 침대 속에 머물렀다. 비몽사몽이었거늘 그 어느 여행보다 그때의 기억은 선명하고 뚜렷하게 떠오른다. 몽롱함에 대한 선명함이라니, 그 이상한 평화를 지금도 즐겨 회상한다.

'감은 눈'의 주인공은 묻는다. 나는 누구이고 여긴 어디인가. 답이 초점을 빗겨 갈지라도 이리저리 짚어본다. 마음의 정체, 자아란 무엇인가. 바탕도 아니고 실체도 아니다. 서로가 원인이고 서로가 결과인 연기론緣起論에 생각을 싣는다. 모든 삶의 펼침은 관계를 통해 주어지는 것이니 마음도 다른 존재와의 관계에 의해서만 설명할 수 있다. 우리는 '지금 여기'에서의 성찰 가운데 새로운 자기를 만들어내며 끊임없이 변화한다. 나와 외부와의 관계 맺기의 한계와 확장을 두루 관조한다. 나의 추구를 추적하니 깊음과 밝음 사이를 오가며 상태에 따라서 심오 묵직하여 깊숙이 스며들거나 청량 양명하여 밖으로 빛나는 나만의 사유를 맞게 된다. 불안함과 우울은 멜랑꼬리로 승화시키고 하찮은 일에 구애받지 않도록 번잡함을 간소함으로 정리한다. 집착도 체념도 들여놓지 않으며 마음의 고요에 잠시 머문다.

환경에 의한 바깥 자극이나 내면의 거리낌이나 어수선함과 부대낌 등을 떨치지 못하여 마음이 시끄러운 것은 무명 無明의 세계에 갇혀 있기 때문이라고 한다. 무명에서 자현을 거쳐 자명으로 건너뛰기를 한다면 어떨는지. '이 깊음'은 디오니소스적 어둠과 혼돈 속의 본질적 에너지를 품은 카오스다. '이 밝음'은 열정에 질서가 부여되어 아폴론적 코스모스에 도달한 문명의 세계다. 혼돈과 질서, 열정과 지성의 대비를 통해 깊음과 밝음이 교차하는 임계점을 생각한다. 카오스에서 비롯하여 카오스모스의 임계점에서 전격적인 변화가 일어나 코스모스로의 대전환이 이루어진다. 모호함을 동반하는 심오함에서 명징한 세계를 펼치는 양명함으로 나아간다. '실존적 자아인 심오한 세계-깊음의 시간'에서 '실천적 자아인 양명한 세계-밝음의 시간'으로 건너간다. 두 세계는 다 같이 삶의 긍정과 생에의 의지를 노래한다. 인간의 예술도 그러한 경지에서 발현한다. 무한한 상상력과 뜨거운 파토스의 산물이면서 동시에 냉철한 로고스를 품은 구체화의 작업이다. 아연, 삶의 밀도가 높아진다.

프로메테우스가 인간에게 전한 불은 에너지이기만한 것이 아니라 빛을 의미하기도 한다. 빛은 사물을 보게 만드는 필수조건이다. '본다'는 것에 의하여 그리스의 철학자 플로티누스는 빛과 미를 관련지었으며 나아가 상상력은 내면의 빛이라고 했다. 정신의 빛은 표상을 펼치며 그를 통한 유추類推를 통해 추상적 사유 능력을 가능하게 하니 보이지 않는 것을 보게 한다.

동전의 양면처럼 깊음과 밝음은 연관을 지닌다. 불에도 물의 성분이 있고 물에도 불의 성분이 들어 있다. 불 아닌 것이 들어있어야 불이 비로소 온전하다. 슬픔 가운데에서 가만히 기쁨이 우러나고 기쁨 속에도 슬픔의 한 자락이 깔려있듯이 서로 겹쳐있다. 밝음은 깊음을 둘러싸고 깊음은 밝음에 스며든다. 밝음의 표피 아래 깊음의 내면이 옹골차다.

빛과 심연, 나의 삶은 '이 밝음'과 '이 깊음', 두 아름다운 언어를 오가는 발자국이다. 빛을 밖으로 드러낸 양명함의 밝음과 빛을 안으로 숨긴 심오함의 깊음이 아우러지니 그 완벽성을 사랑하여 추구하는 나의 자세, 그를 나의 이상향 으로 삼는다.

루 살로메, 세기적 지성들의 영혼을 두드리다

1. 루

니체가 사랑한 여자, 릴케를 사랑한 여자, 프로이트를 가장 잘 이해한 여자. 지성과 재능과 미모로 당대의 수많은 남자들을 매료시켰던 러시아 여인. 큰 키, 가는 허리에 바짝 마르고 가슴은 납작하여 소년과 같은 외모로 중성적인 매력이 넘쳤던 루 살로메(Lou Andreas-Salomé, 1861-1937), 그녀는 누구인가.

그녀는 니체의 청혼을 물리치고 파울 레와 5년간 동거를 하다가 안드레아스와 갑자기 결혼을 했다. 4년 후 레는 자살로 추정되는 추락사로 생을 마쳤다. 결혼도 기묘하기 짝이 없었는데 부부생활을 하지 않을뿐더러 각자의 자유연애를

묵인하고 간섭하지 않는다는 조건이었다. 그런 조건을 받아들여서라도 안드레아스는 루의 남편으로 남고자 했다. 14살 연하의 릴케를 만나 남편과 셋이 러시아로 장기 여행을 떠나기도 했다. 그리고 피넬레스(체메크)와 동거하며 임신했지만 유산을 했다. 피넬레스는 11년간의 관계를 청산한 후 독신으로 살았다. 그녀는 수많은 남자들과 사랑에 빠지고 자유롭게 여행을 다니다가 남편 곁으로 돌아오면 검소한 생활을 즐겼다. 남편은 하녀와의 사이에 딸을 두었는데 루는 그녀를 입양하였다. 그녀의 노후를 양녀 마리헨 부부가 돌봤다. 루는 자신의 결혼 생활에 대해 평등을 실현한 부부가 서로를 존중하는 공동생활로 표현하면서 '서로에게 맞추는 것이 아니라, 어깨를 나란히 하며 살고 있다'라고 했다. 43년간 지속된 안드레아스와의 결혼생활은 남들과 달랐을 뿐 행복한 것이었다. 저널리스트, 소설가, 에세이스트, 정신분석학자였던 그녀의 남겨진 작품 중에 『니체의 편지』는 니체 사상 연구에 꼭 필요한 자료로 꼽힌다.

루 살로메의 삶을 뭐라고 정의 내리기가 곤란하다. 그녀는 페미니스트도 팜므파탈도 아니다. 그렇기는커녕 세기적 지성들이 그녀를 만나 불후의 작품을 남기는 계기를 제공했다. 여자이기보다는 인간으로 살고 싶었던 그녀는 사회적 제

약으로부터 자유로웠다. 자신만의 고유한 삶의 방식을 채택할 줄 알았던 여자. 그러나 그녀의 이름이 역사에 남은 이유는 자신의 작품으로라기보다는 니체와 릴케와 프로이트와의 연관 때문이다. 영악한 그녀는 이 저명한 인물들과의 친분을 저술로 세상에 알려 자신에게 명성을 가져다줄 기회를 잡았다. 자연스럽고 쉽게 그녀는 유명해졌다.

2. 루와 프리드리히 니체(Friedrich Nietzsche 1844-1900)

루는 휴양 차 방문한 로마에서 니체를 만났다. 이때 니체는 38살, 루는 21살이었다. "어느 별에서 내려와 우리는 이렇게 운명적으로 만났습니다." 그녀를 처음 본 니체가 한 말이다. 니체는 그 당시를 "내 인생에 새로운 여명이 빛나고 있음을 느낀다"고 했다. "이제까지 그 아가씨처럼 재능 있고 사색 깊은 사람을 만난 적이 없었습니다. …우리는 30분만 함께 있으면 서로 크게 얻는 점이 있으므로 둘 다 행복해집니다. 지난 1년에 내 최대의 저작을 완성할 수 있었던 건 우연한 일이 아닙니다." 니체가 루에 대해서 어머니에게 쓴 편지의 한 대목이다. 니체는 루의 지성과 아름다움에 매료되었지만 아직 어느 누구에게도 연애감정을 느낄 수 없었던 루는 그의 프로포즈를 거절했다. 그 대신 독특한 제안을 했다. 그녀는 방이 세 개 딸린 아파트에서 파울 레와 니체와 셋이 함께 살고 싶다고 했다. 세 사람의 동거는 현실적으로 이루어지지는 않았지만 실로 기발한 발상이었다. 니체는 루와 헤어진 뒤 흥분된 상태에서 그의 초인 사상을 대표하는 『차라투스트라는 이렇게 말했다』를 탈고했다. 모종의 매력을 지닌 그녀는 근대 철학사를 뒤흔든 니체를 주체할 수 없는 격정에 빠지도록 했다.

3. 루와 라이너 마리아 릴케 (Rainer Maria Rilke 1875-1926)

36살의 루 살로메가 22살의 릴케와 만난 것은 1897년이 었다. 뮌헨대학을 다니며 시를 발표하던 젊은 시인은 루에게 열렬히 구애를 했고 루 역시 젊은 릴케의 정열에 매료되었다. 두 사람은 만난 지 한 달 만에 동거를 시작하여 3개월 동안 함께 살았다. 1900년 3월 루와 안드레아스와 릴케는 셋이서 러시아 여행을 떠났다. 이듬해에는 루와 릴케 두 사람만이 다시 러시아를 찾았다. 두 사람 모두에게 러시아 여행은 커다란 의미를 주었다. 릴케는 루에게 '나의 누이여, 나의 신부여'로 이어지는 아가서의 한 대목을 즐겨 낭독해주었다. 시인의 본명은 '르네 마리아 릴케'였는데 루는 '르네'를 독일인들이 부르기 쉬운 '라이너'로 바꾸도록 했다.

릴케가 그토록 루에게 빠져들었던 이유를 아니마(남성에게 내재된 여성성)와 아니무스(여성에게 내재된 남성성)의 만남으로 이해할 수 있다. 릴케 안의 섬약한 여성성이 루의 의지적 남성성과 조화를 이루었다. 완벽한 만남이었다. 릴케는 안식을 찾았고 루는 정염에 눈 떴다. 그러한 관계 속에서 루는 36살에 비로소 열여덟 처녀로 되돌아올 수 있었다. 얼마나 멋진 일인가!

젊은 릴케의 기복이 심한 감정 상태를 시인으로서의 그의 천재는 요구하고 있었는데 루가 감당하기는 벅찬 것이었다. 마침내 그녀의 일방적 의사에 의한 결별의 시간이 다가오자 해방이 된 그녀는 기뻐 어쩔 줄 몰랐다. 하지만 그들의 사랑과 우정은 결별 후에도 평생을 두고 이어졌다. 루는 릴케의 인생과 문학에 지대한 영향을 미쳤으며 그가 성장하도록 도와주었다. 그들은 릴케가 1926년 51세에 백혈병으로 죽을 때까지 4백여 통의 편지를 교환하였다.

그들은 보통의 연인들과는 달랐다. 릴케는 '루'라는 독자성을 존중하여 루를 소유하고자 애쓰지 않았다. 또한 루는 자신이 기혼자임을 염두에 두지 않았다. "당신을 통해 육체와 정신이 분리될 수 없는 하나가 되었으며, 그것은 생명 그 자체의 부정할 수 없는 첫 실재였습니다." 루가 릴케에게 전한 말이다.

루 살로메에게

내 눈빛을 지우십시오
나는 당신을 볼 수 있습니다
내 귀를 막으십시오
나는 당신 목소리를 들을 수 있습니다
발이 없어도 당신에게 갈 수 있고
입이 없어도 당신을 부를 수 있습니다
나의 양팔이 꺾이어 당신을 붙들 수 없다면
나의 불붙은 심장으로 당신을 붙잡을 것입니다
나의 심장이 멈춘다면 나의 뇌수라도
그대를 향해 노래할 것입니다
나의 뇌수마저 불태운다면
나는 당신을 내 핏속에 싣고 갈 것입니다
　　　　　－ 릴케가 루 살로메에게 헌정한 〈기도시집〉 제2부

4. 루와 지그문트 프로이트(Sigmund Freud 1856-1939)

나이 50살에 루 살로메는 정신분석학이라는 새로운 관심사를 만나 프로이트의 제자가 되었다. 루는 성性적 사랑, 예술창조의 열정, 종교적 희열과 도취는 같은 맥락으로 생명력의 서로 다른 측면이라고 보았다. 프로이트는 자신이 정신분석의 '산문가'라면, 루는 정신분석의 '시인'이라고 했다. 루는 '유일한 존재로 그 누구도 따라올 수 없으며 자신조차도 두려움을 느낄 만한 지성을 갖춘 여자'라고 찬사를 보냈다. 프로이트는 정신적 동지이자, 후원자로서 루와의 관계를 평생토록 지속했으며 그의 딸 안나와 루의 사이는 각별했다. 문학과 종교에서 그다지 만족스러운 해답을 얻지 못했던 그녀는 이제 정신분석가로 활약하며 지독한 노동의 시간을 사랑했다. "나는 정신분석 작업을 통해 무척 행복해졌어요. 내가 아무리 돈이 많은 여자라고 해도 이 일을 포기하지 못할 거예요." 그녀는 릴케에게 말했다.

5. 루, 그녀

루 살로메는 20세기 유럽 지성들을 매혹시킨 전설적인 여인이었다. 넓은 이마는 지성미를 풍겼으며 커다란 눈은 지식에 대한 열정으로 빛났다. 남을 의식하지 않는 당당하고 거침없는 태도는 남성들의 시선을 끌기에 충분했다. 사회적 굴

레에 연연하지 않았으며 자기가 원하는 것은 주저 없이 하고 원하지 않는 것은 거부했다.

그녀는 연애의 상대에 대해 능동적이었다. 선택당하지 않고 선택하였다. 그녀에게 사랑은 기본적으로 정열이라서 일단 사랑이라는 폭풍우가 지나가면 더 이상 휩쓸리지 말아야 했다. 그러므로 사귀던 애인들과 자주 매정하게 관계를 끊었으며 어떤 회한도 남기지 않았다. 니체를 비롯한 모든 남자들이 그녀를 스치듯 지나가며 상처를 입었으나 그녀는 별로 개의하지 않았다. 그녀는 '정신의 일치'를 사랑의 가장 중요한 조건으로 여겼다. 정신이 일치하면 육체관계가 가능하지만 육체관계로부터 정신적 유대로 나아가는 건 불가능하다는 것이다. 정신을 강조한 루의 남성 편력은 그런 면에서 매우 독특하다. 단순히 문란하다고 단정할 수가 없기 때문이다.

어쨌든 루 살로메는 일과 사랑을 마음껏 누렸다. 그리고는 괴팅겐의 남편에게로 돌아가 전망이 아름다운 자기 집에서 검소한 생활을 꾸렸다. 그녀는 정원과 나무들과 숲과 개를 사랑했다. 부부는 서로 방해하지 않으며 공존했다. 그녀는 자신이 행복하다고 큰소리로 말했다. 평화로웠다. "여자는 존재한다는 행복으로 자신의 존재 속에서 즐거움을 느끼는, 그 자체로 완성된 유기적 존재다."

그녀에게는 미모와 지성 그리고 연금이 있었다. 그녀는 집세와 여행 경비와 호텔 체재비를 위해 어느 누구에게도 손을 벌린 적이 없이 저널리스트, 소설가, 에세이스트, 정신분석학자 등의 사회적 위상을 누렸다. 자유를 구가하기 위해 필요한 돈이 있다는 점은 매우 중요하다. 그런 면에서 그녀는 대단한 행운을 타고났다고 할 수 있다.

자유로운 여인의 표상인 루 안드레아스 살로메는 "나는 삶을, 삶을, 삶을 가졌다"라고 외쳤다. 관습과 도덕을 무시한 그녀가 추구하고 몰두한 것은 '자아'였다. 그녀는 사회개혁이나 여성운동, 서민들의 삶, 나아가 전쟁과 혁명에도 별 관심이 없었다. 그녀의 관심사는 오로지 '자기'였고 '자기'로 대표되는 추상적인 '인간'이었다. 19세기 말 유럽에서는 루 살로메처럼 기존 도덕과 관습에 구애받지 않는 자유로운 영혼을 지닌 여성들이 많이 등장했다. 새 시대의 롤 모델로 선두에 나섰던 이들은 남성의 전유물이던 학문과 예술의 세계에 뛰어들어 재능을 펼쳤다. 자유로운 연애도 급속하게 널리 파급되었다. 그렇지만 루 살로메와 안드레아스의 결혼생활은 그 와중에도 독특하고 기이하다.

강한 통찰력과 솔직한 태도로 자신의 주장을 지켜나가며

확실하고 자신만만하게 자신의 삶의 행로를 스스로 선택하는 강인한 지혜는 루가 지닌 남성성에서 비롯하였다. 자유로운 영혼, 루 살로메는 자신의 창작 활동과 폭넓은 저술을 통해 사회적 지위를 확보했다. 아쉽다면 불후의 명작을 남길만한 문학적 철학적 천재성은 모자랐으며 그래서 스캔들만 무성한 팜므파탈의 이미지를 불러일으킨다는 점이다. 그녀 자신도 자기의 문학 작품에 대해 자만심을 갖지는 않았다. 다른 이들이 자신의 전 존재를 예술과 학문에 몽땅 바쳤다면 루는 오로지 '자신'에게서 그 존재의 의미를 찾았다. 작품이 아니라 삶으로 우리에게 남겨지고 기억되는 여자, 그녀의 삶 그 자체의 경이로움에 대해 프랑수아즈 지루는 "그녀의 걸작은 그녀 자신이다"라고 했다. "나는 다른 사람을 따라 살 수도 없고, 누군가의 본보기가 될 수도 없다. 나는 내가 원하는 대로 삶을 꾸려나갈 것이고, 그것만은 내가 확실하게 할 수 있다." 그녀가 남긴 멋진 말이다.

조지아 오키프, 꽃과 사막의 화가
- 현대의 갈라테이아

확대한 꽃 그림으로 유명한 미국의 화가 조지아 오키프 (Georgia O'Keeffe, 1887~1986)는 살아생전에 이미 20세기 미국을 대표하는 중요한 화가로서 평가받았다. 살아서 신화가 된 그녀의 99년 긴 생애는 그대로 한 편의 대하드라마다.

시대를 풍미한 예술사진의 모델이면서 가장 위대한 미국 화가 중의 한 명이라는 이중의 영광은 길이 그녀의 생애를 반추하게 한다. 오키프의 누드를 발표하여 센세이션을 일으킨 알프레드 스티글리츠(Alfred Stieglitz, 1864~1946)의 사진전시회가 열린 1921년은 여성들이 마침내 참정권을 획득하여 미국 대통령 선거에 처음으로 투표한 해이다. 말하자면 여성에게 간신히 투표권이 주어지던 척박한 시절에 오키프는 뮤즈에서 화가로의 전환점을 도는 대단한 성취를 이룬 것이다. 모델로서의 오키프와 화가로서의 오키프의 겹침은, 여자는 남성 예술가의 뮤즈 노릇만 하던 시절에 여성 스스로 예술가의 위치에 서서 당당히 그 지위를 누리게 된 시대 변화를 상징적으로 보여 준다.

오키프는 20대 때부터 생계를 위해 삽화를 그리고 미술교사직을 얻기 위해 여기저기 옮겨 다녀야 했다. 그 와중에 틈틈이 화가의 꿈을 키우며 부지런히 습작을 했다. 색채주의자로서의 천부적인 자질을 지닌 오키프는 일찍이 칸딘스키와 일본 미술 등의 영향으로 장식 속에 깃든 추상미술의 세계를 실험했다. 아직 추상화는 생소한 장르였던 시절이었다.

그녀의 인생은 당대 사진계의 거장인 스티글리츠를 만나면서 전환기를 맞았다. 1916년의 어느 날 스티글리츠는 자신이 운영하던 진보적인 화랑인 '291갤러리'에 그녀의 그림을 전시하였으며 이듬해 4월에 그는 그녀의 첫 개인전을 열어주어 화단의 주목을 받게 했다. 현대 추상조각의 선구자 브랑쿠시는 "그녀의 작품이 휘두르는 매력은 힘, 해방, 자유다"라는 말로, 간단하게 본질을 꿰뚫었다.

이즈음 그녀는 평생 트레이드마크가 된 꽃 그림을 그리기 시작했다. 사진 기법과 색채 연구, 그리고 디자인 이론을 연결하여 추상과 구상의 경계에서 자기만의 그림 양식을 추구하고 발전시켰다. 사실 오키프가 추상 수채화에서부터 거대한 꽃 그림에 이르게 되기까지에는 291갤러리에서 만나게 된 폴 스트랜드의 사진 스타일이 결정적인 영향을 끼쳤다. 불필요한 부분을 과감하게 생략하는 방식으로 사물의 진수를 끌어내어 깔끔하게 보여 주는 그의 사진은 오키프를 충분히 자극했다.

당시 불어닥친 뉴욕의 자유연애의 분위기 아래 나이 많은 유부남 스티글리츠와 오키프는 1918년부터 동거에 들어갔다. 동년배인 스트랜드 대신에 돈 많고 유명한 스티글리츠를 택한 31살의 오키프는 지극히 현실적인 필요에 의한 이 결정에 대해 일말의 주저함이나 가책을 드러내지 않았다. 드디어 1919년은 오키프의 해가 되었다. 오키프는 맨해튼의 뛰어난 추상미술 작가 중의 한 사람이 되었다.

스티글리츠는 오키프를 향한 열정을 수백 점의 사진에 담았다. 두 사람의 친밀감의 정도는 작품 속에 고스란히 반영되고 있다. "우리는 사랑을 나눴다. 그러고 나면 그는 내 사진을 찍었다." 비좁은 작업실에서 그는 정사 후에 오키프가 나른하게 누워있는 모습을 카메라에 담는 일에 몰두하였다.

1918년에서 1921년 사이에 찍은 사진을 보면 그는 마치 갈라테이아를 빚은 피그말리온처럼 보였다. 그는 자신이 이상형으로 삼았던 여자의 이미지를 오키프를 통해 구현해냈다. 현대판 피그말리온 신화라고 할 수 있다.

1921년의 사진전에 오키프를 모델로 한 사진 46점이 걸렸다. 그 중에도 부분 누드를 찍은 선정적 사진이 센세이션을 불러일으켰다. 몸체만 찍은 〈토르소〉나 화면 가득 손이나 엉덩이 등 신체의 일부에 렌즈를 들이대고 찍어서 확대한 사진들은 그 시절에는 감히 생각할 수 없었던 촬영 작법이었다. 사진에서 오키프는 거의 웃지 않고 있다. 대리석처럼 차갑고 진지하고 거리감 있는 듯한 표정과 자세는 시간이 많이 흐른 이즈음에도 여전히 신비로운 분위기를 풍긴다.

예술가의 영감을 불러일으킨 뮤즈로서 오키프는 단숨에 유명해졌다. 한 비평가는 오키프의 사진들에 대해 "엄숙하고 섬뜩하며 수수께끼 같은, 신비스러운 아름다움과 이상하고 음침하며 젊은지 늙었는지 나이를 짐작할 수 없는 여자의 이미지"라고 했다.

하지만 진지한 예술가로 인정받고 싶었던 오키프는 스티글리츠가 창조해 내는 자신의 수동적 이미지와 반대로 자신을 능동적이고 이성적인 사람으로 그리기 위해 오랫동안 외로운 투쟁을 해야 했다. 그녀를 사랑했던 스트랜드는 추상과 구상 사이를 오가는 그녀의 구성에 대해서는 피카소를, 색에 대해서는 마티스를 견주는 최대의 찬사를 바쳤다. 또한 남성 동료들의 양식에 지배당한 메리 카셋이나 베르트 모리조와 달리 오키프는 자신만의 언어를 창조했다고도 했다.

한편으로는 자신과 외모가 너무도 흡사한 스트랜드의 아내 레베카를 모델로 하여 스티글리츠가 사진 작업을 하는 미묘한 상황이 벌어지고 있었다. 오키프는 스티글리츠를 뜻대로 움직일 수 없었다. 한편 스티글리츠는 오키프가 점점 갈망하는 고독이 두려웠다. 이런 가운데 그녀는 모든 열정을 그림에 쏟아부었다. "일하고 또 일해요. 그러고는 이렇게 일하는 것이 어리석다고 느끼다가 다시 더 일한답니다."

이윽고 스티글리츠는 오랜 세월 원만하지 못했던 결혼생활을 청산하고 3년 후인 1924년 오키프와 결혼했다. 이때 둘의 나이는 37살과 60살로 스티글리츠가 23년 연상이었다. 결혼식은 어떤 의례적인 형식도 갖추지 않았다.

"나는 색이나 형태로 모든 것을 말할 수 있지만 그밖에 다른 방법으로는 말할 줄 모른다"라며 색채의 향연을 펼치는 그녀의 그림을 좋아하는 애호가들은 점점 더 늘어갔다. 그녀는 〈검은 붓꽃〉 시리즈 등 창조력의 절정에서 해마다 최상의 작품을 그려냈다. 그녀의 꽃 그림은 흔히 여성의 성기처럼 보인다. 꽃을 확대해서 들여다본다는 것은 곧 꽃의 생식기를 확대하는 것으로 여자의 몸과의 묘한 일치점이 우연히 드러난 것이다. 그러나 오키프는 자신의 그림이 그런 식으로 보이는 것에 대해 그리 신경 쓰지 않았을뿐더러 그렇게 보이기를 원하지도 않았다. 하지만 그런 성적인 요소가 그녀를 더욱 유명하게 한 것도 사실이다.

이즈음 스티글리츠에게는 새로운 영감을 불러일으킬 대상이 필요해졌는데 때마침 나타난 젊고 당차고 아름다운 유부녀 도로시 노먼과 사랑에 빠졌다. 그녀는 스티글리츠를 열렬히 숭배하였다. 오키프보다 열여덟 살이나 어린 21살의 그녀는 부자이며 예술에 대한 동경이 강하고 틀에 얽매이지 않는 자유로운 이상을 추구하여 여성의 평등권을 옹호했다. 오키프는 남편과 노먼의 공개적인 애정행각을 견뎌야 했는데 이들의 관계는 평생 오키프에게 깊은 상처를 남겼다. 스티글리츠는 노먼에게 심취하고 있으면서도 한편으로는 오키프를 잃을까 봐 겁냈다. 그는 끝내 두 여인을 포기하지 않았다. 노먼은 1997년에 죽을 때까지 그를 띄우는 활동을 지속했다.

1933년, 오키프는 드디어 정신적으로 완전히 붕괴되어 병원에 입원하고 말았다. 상심으로 신경쇠약에 걸린 오키프는 가슴 절제수술을 하고 대상포진과 심장병을 차례로 앓으며 수시로 우울증에 빠졌다. 그렇지만 오키프는 작가로서의 자신을 존중해준 스티글리츠라는 존재의 중요성을 고통과 절망 속에서도 인정했다. "비록 한 인간으로서 그를 사랑하기는 했지만, 나를 그와 함께하게 만든 것은 예술이었다고 믿는다." 둘 사이의 동반자 의식과 애정은 이토록 깊었지만 그들의 최대 문제인 스티글리츠와 노먼의 관계도 그대로 이어졌다.

오키프는 자신에게 고독이 필요하다는 것을 깨달았다. 그녀가 서른 살 때인 1917년에 기차여행 중 우연히 발견한 뉴멕시코를 떠올렸다. 뉴욕을 떠나 그녀는 원시적 자연 풍경에 묻혀 끝없이 펼쳐진 황량한 사막의 강렬한 빛과 색을 찾았다. 뉴멕시코에 정착하면서부터 꽃과 도시의 마천루 그림에 이은 그녀의 후기 작품은 사막과 맞닿은 맑은 하늘과 광활한 평원 풍경을 보여 준다. 특이한 산과 바위들, 야생동물의 골반 뼈와 뿔, 두개골, 조개껍데기, 앙상한 고목 등의 자연물들로 소재가 변모한다. 사막의 부드러운 언덕, 버려진 흙벽의 교회 건물과 그 위에 우뚝 솟은 십자가, 페더널 산의 전경, 이들은 그녀가 특히 사랑한 풍경으로 자신의 작품에 등장시켰다.

또한 일본의 목판화와 르네 마그리트 류의 초현실주의, 스티글리츠가 찍은 구름 사진들에 대한 그녀의 관심이 작품에 반영되었다. 그런가 하면 바넷 뉴먼과 마크 로스코의 거대한 화폭을 염두에 두고 캔버스의 크기를 늘려 대작들을 쏟아내기 시작했다.

오키프의 열정적인 창작 활동은 작품의 양만으로도 능히 짐작할 수 있다. "인생에 대한 내 느낌은 별난 승리감 같은 거예요. 미래가 좀 쓸쓸하게 보이겠지요. 그러리라는 것을 알아요. 하지만 선택의 여지가 없으니 나는 두려워하지 않고 그 속으로 걸어 들어가겠어요. 그런 깨달음을 즐기면서 말이죠." 오키프는 결국 자신만의 세계를 찾았다. 쓰라린 시련을 예술로 승화시킨 것이다.

1946년에 스티글리츠가 사망한 후 타오스로 돌아온 오키프는 슬픔과 안도감 사이를 왔다 갔다 했다. 62세 때인 1949년부터는 아예 이곳에 정착해 은둔생활을 시작했고 1986년 산타페에서 숨질 때까지 '애비큐'의 집과 '고스트 랜치' 목장을 오가며 작품 활동에 전념했다. 스콧 피츠제럴드의 아내 젤다는 오키프의 전시회를 보고 말했다. "너무 외롭고 장엄하고 비통했어요. 그 작품들은 누군가와 말하고 싶다는 욕망을 불러일으키더군요."

"나는 텅 빈 공간을 좋아한다. 벽이 텅 비어 있으면 벽에 대해 더 깊이 생각할 수 있다." 오키프는 미니멀리스트였다. 애비큐의 집은 장식이 거의 없다. 꾸밈없는 간결한 방이 그녀의 삶의 스타일을 말해준다. 그 집에서 맞이한 말년에 오키프는 처음 스티글리츠의 시선을 사로잡은 추상 수채화로 돌아갔다. 부드러운 곡선의 윤곽선으로 형태를 잡고 그 위에 생생하고 선명한 색채의 엷은 물감으로 강약을 부여했다.

그녀의 그림엔 원근법적 공간이 없다. 평면 위에서의 정밀, 간결, 소박함은 정밀주의 회화에서 많은 영향을 받았지만 생물 형태적 형상에 추상적인 아름다움을 부여하는 능력은 그녀 고유의 것이다. 사물의 지극한 단순함을 포착하여 집중의 아름다움을 일깨움으로써 그녀는 추상 환상주의 이미지로 20세기 미국 미술계에서 독보적 위치를 차지했다.

자신의 작품에 사인을 남기지 않고 결혼한 뒤에도 자기 성을 그대로 쓴 것은 오키프의 강인한 의지와 독립 정신을 보여주는 일화다. 그녀는 포드와 레이건 대통령으로부터 자유와 예술 훈장을 받았으며 수많은 명문 대학에서 그녀에게 명예박사 학위를 수여했다. 이제 '꽃 그림 화가'라는 타이틀로 미국의 전역에서 유명해진 오키프는 은둔과 명성을 동시에 즐겼다.

그녀는 고집스럽게 허리선을 드러내지 않는 단순하고 긴 검은 원피스를 입었다. 장식 없이 빗어 넘긴 머리에서부터 굽이 낮고 튼튼한 신발에 이르기까지 어떤 형태의 구속도 받지 않았다. 마른 몸매의 그녀의 모습은 우아하고 아름다웠는데 스스로도 외모에 대한 자부심이 강했다. 그녀는 《보그》나 《라이프》 등의 특집기사에서 단골 주제가 되어 여러 명의 사진작가들이 그녀의 모습으로 잡지의 표지를 장식했다. 젊고 연약하며 병적인 모습의 스티글리츠의 사진에서와는 완연히 다른 이미지였다. 당당하고 초연하고 태양과 고된 작업으로 주름진 얼굴에 긴 머리를 검은색 터번으로 감싸고 어도비 벽돌집 밖에서 탈색된 해골과 함께 포즈를 취한 모습은 그녀가 세상에 보여 주고 싶어 하는 모습이었다.

사막에서 홀로 멋진 그녀의 모습은 그 자체가 완성된 예술품으로 여겨졌으며 이런 사진들이 그녀를 더욱 유명하게 만들었다. 사막의 신비스러운 존재인 오키프는 종종 독자들에게 그녀의 미술보다 더 많은 관심거리가 되었으며 사진작가들의 작품으로 인하여 그녀는 이제 스티글리츠의 뮤즈를 떠나 세상의 뮤즈가 되었다. 이렇듯 자신의 이미지와 분위기를 만드는 일에도 철저한 자기관리가 있었다.

그녀는 인생과 예술을 하나로 만들었다. 자신의 작품뿐만 아니라 일상 자체도 예술적으로 만들었으니 이보다 더 적극적으로 자신과 자신의 삶을 사랑할 수가 있을까.

1973년 86살의 오키프의 삶에 또 한 명의 중요한 남자가 나타났다. 26살의 젊은 예술가 지망생인 후안 해밀턴(Juan Hamilton 1946~)이었다. 그는 무작정 오키프 집을 찾아와 "도울 일이 없겠느냐"는 말로 인연을 맺었다. 오키프는 얼마 지나지 않아 그에게 베토벤의 소나타를 들으며 저녁마다 자신과 함께하지 않겠느냐고 물었다. 그녀의 새 조수 겸 비서가 된 해밀턴은 같은 곡을 여러 번 반복해서 듣는 것에 익숙해졌다. 오키프는 자기의 인생에 그의 등장은 정말 신비하고 큰 행운이라고 생각했다.

오키프는 이제 시력을 거의 잃어가고 있었다. 그녀는 조각가인 해밀턴의 도움을 받아 시각 대신에 촉각에 의지한 도예와 도기 등에 관련된 일을 하기 시작하였다.

해밀턴과 오키프는 어떤 면에서 기질이 비슷했다. 그는 결코 고분고분하지 않았다. 둘 다 자기중심적이라서 다투기도 잘했다. 그렇지만 해밀턴의 전적인 보살핌이 없었다면 그녀는 애비큐에서 생애 마지막 13년을 제대로 품위를 유지하며 흐트러짐 없이 지낼 수 없었을 것이다. 말년의 그녀 곁에 그가 있어 그녀는 생을 아름답게 마감할 수 있었다. 그는 오키프의 예술을 이해했고 그녀가 죽을 때까지 곁에서 지켜주었다.

재산을 축적하고 세계 곳곳을 여행하고 그림을 전시하고 때로 자신조차 이해할 수 없는 유명세를 즐겼던 그녀는 생애 마지막까지 한 청년의 전적인 이해와 사랑을 누렸다. 그의 도움으로 그녀는 자서전 『조지아 오키프Georgia O'Keeffe』(1976년)를 내고, 다큐멘터리 영화를 찍고, 도록을 출간했다. 그림 값은 거의 폭등했다.

조수이자 비서로서, 친구 또는 정신적인 애인으로서 오키프를 돌보면서 1980년 34살의 해밀턴은 결혼하여 아이도 낳고 안정적인 생활을 꾸려갔지만 오키프는 그의 결혼을 인정하지 않았다. 오키프로서는 해밀턴의 인생에 여자란 단한 명뿐이었다. 오키프는 죽을 때까지 그가 자기와 결혼할 것이라고 믿었다. 그 때문에 그녀는 자신이 평생에 걸쳐 작업한 모든 작품과 재산을 해밀턴에게 물려주는 유언장을 작성했다.

오키프는 1986년 99세를 일기로 생을 접었다. 유언대로 장례식도 추모식도 치르지 않았다. 해밀턴은 화장한 유골단지를 안고 애비큐로 갔다. 페더널 산의 정상까지 올라가 바람이 북쪽으로 불어올 때까지 기다렸다가 거기서 유골을 뿌렸다. 오키프의 유골은 그녀가 그토록 사랑했던 고스트 랜치를 향해 흩어졌다.

해밀턴에게 어마어마한 유산을 남긴 것 때문에 그녀는 사후에도 세간의 화제가 되었다. 상속인 해밀턴은 유산 집행을 두고 여러 소송에 휘말려야 했다. 그는 조정에 응하여 대부분의 재산과 유품을 기증하고 애비큐의 집 등만을 물려받았다. 여전히 성실하게 조각가로 활동하며 아내와 아들과 함께 행복하게 잘 살고 있다.

그녀는 사다리와 문을 소재로 그림들을 그렸는데 이는 그녀가 통과했던 삶의 궤적을 상징적으로 보여주기도 한다. 스스로 과도기에 있다고 느낄 때마다 문의 이미지는 다시 등장하곤 했다. 문은 스르르 열리기도 했으며 때로는 그녀의 힘으로 벽에 문을 만들기도 하면서 하나의 문이 열릴 때마다 변신하며 화풍을 바꾸고 삶의 모습을 바꾸었다.

스티글리츠가 아니었어도 오늘날의 오키프의 명성은 유효했을까. 그러나 그녀는 여성 작가가 아닌 '작가'로 인정받기를 원했으므로 스티글리츠의 그늘에서 유명세를 탔다는 세평을 부정했다. 그 모순은 뮤즈의 역할과 화가로서의 역할의 중첩에서 빚어진 것이다.

일상조차도 예술적 경지를 누린 오키프의 삶은 누구나 선망해 마지않는 삶이다. 그러나 누구도 감히 흉내 내거나 견딜 수 없는 고독한 삶이다.

달하 노피곰 도드샤

회사후소繪事後素

그림을 잘 그리기 위해서는 우선 흰 바탕을 마련해야 한다.

— 『논어論語』, 「팔일八佾」편 중에서

2006년 7월에 삼청동 국제 갤러리에서 '구본창 사진전'이 열렸다. 달항아리 등 옛 조선백자의 숨겨진 아름다움이 현대 매체인 사진 작업으로 신선하게 주목받았다. 아무 무늬나 채색이 없는 무문백자만을 촬영하였는데 실제 도자기의 크기보다 훨씬 크게 확대된 사진이 전시장을 압도하였다. 예술에 대한 예술 대응의 마력, 흰 백자를 흰 배경에 앉혀서 미묘섬세한 흰색의 다양한 톤으로 조성되는 간결한 화사함이 신비로웠다. 그 흰색의 몽환적 아름다움이라니. 예술에 의해 예술이 재해석되는 가능성이 빛났다. '작가의 말'도 감동적이었다.

"1989년 어느 책자에서 보게 된 한 장의 작은 사진은 평소에 박물관에서 무심히 보아 넘겼던 백자의 아름다움을 일깨워준 계기가 되었다. 사진에 찍힌 오스트리아의 유명한 도예가인 루시 리Lucie Rie 옆에 놓여있는 조선시대 백자를 본 순간 그 큰 볼륨감과 완만한 선에 감동하게 되었고 시간의 상처인 긁힌 흔적들과 하얀 속살 같은 표면은 머나먼 고향을 떠나 낯선 외국인의 옆에 놓여있는 백자의 서글픔을 강하게 느끼게 하였다. 그 백자는 마치 내게 다가와서 구원해주기를 기다리는 것 같았다. 그 후 15년이라는 세월이 흐른 뒤에야 이 작업을 하게 되었다. 단순한 도자기 이상의 혼을 가진 그릇으로서, 우리의 마음을 담을 수 있고 만든 이의 마음을 담을 수 있는 용기容器로서 보이기를 기대한다."

그가 당시에 사진에서 본 달항아리는 지금은 영국박물관에 소장되어 있다. 그는 2004년부터 뉴욕 메트로폴리탄 박물관, 런던 영국박물관, 파리 기메박물관, 오사카 시립동양도자미술관, 동경 민예관, 교토 고려 미술관, 국립중앙박물관, 삼성미술관 리움, 호림박물관 등 국내외 11곳의 박물관을 찾아 백자를 촬영하여 작품을 완성하였다.

2015년에 그는 10여 년간의 백자 시리즈를 총망라하여 사진집 <白磁, White Vessels>을 펴냈다. 작가는 '조선시대 백자는 아름답게 표현하려는 욕망을 절제하고, 마음을 비워 아름다움을 성취한 작품'이라며 '바로 그 무욕의 마음을 사진으로 표현한다는 것은 쉬운 일이 아니었다'라고 고백했다.

구본창보다 먼저 달항아리에 심취한 사람이 있었으니 그는 화가 수화樹話 김환기(1913-1974)다. 수화는 달항아리를 향한 진한 탐닉을 시로 에세이로 수많은 그림으로 풀어냈다. 그에게 달항아리는 늘 영감의 원천이었다. 또 다른 애호가인 화가 도상봉(1902-1977)은 '도자기의 샘'이란 뜻으로 호를 도천陶泉이라 지을 정도였다. '달항아리 작가'라 불리길 좋아했던 그는 조선백자가 일본으로 빠져나가는 것을 막아내는 일에 앞장서기도 했다.

이즈음 많은 화가의 붓끝과 사진가의 렌즈와 도예가의 솜씨에 힘입어 달항아리는 새롭게 태어난다. 신철 최영욱 강익중 등 많은 재현 도예가나 현대 작가들을 포함하여 조각가, 디자이너, 건축가 등도 달항아리를 통해서 영감을 떠올려 창작 아이디어를 얻는다. 특히 도예가라면 누구나 한 번쯤 '나만의 달항아리'를 꿈꾸는 것으로 여겨진다. 박물관과 미술관, 갤러리에선 여러 조합과 응용과 변주가 가미된 '달항아리전'이 끊이지 않는다.

이렇듯 달항아리는 여느 문화재처럼 박물관에만 머물지 않고 현대적 계승을 통해 300년의 간극을 뛰어넘어 다채롭게 새로운 모습으로 특별하고도 보편적인 아름다움을 자랑한다. 이쯤이면 달항아리는 우리 민족 정서에 아주 깊은 호소력을 지닌 것으로 평가를 받아야 할 것이다.

문화재로서의 공식 명칭 '백자 달항아리(백자호)'는 조선시대의 대표 도자기인 백자 중에서도 무늬가 없는 순백자 항아리로 높이가 40㎝는 넘어야 한다. 색감과 형태가 둥그런 보름달을 닮은 달항아리는 숙종 말부터 영조(재위 1724~1776)와 정조(1776~1800) 대에 잠시 제작되었다가 갑자기 끊겼다는 것이 학계 정설이다. 당시 왕실의 음식과 식기를 담당한 기구인 사용원의 분원이 있던 지금의 경기 광주 일대, 특히 금사리 등의 왕실 전용 가마에서 만들어진 것으로 추정한다. 용도도 정확히 모른다. 음식 저장 용기인지, 사신 접견 등에 쓰인 의례용인지, 감상용인지 확실하지 않다. 화병, 제기, 또는 단순한 장식품이라는 의견도 있다.

현존하는 달항아리는 국내외에 20점 안팎에 불과한 것으로 알려져 있다. 드물다는 '고려 불화'도 세계적으로 160여점 존재하는 것에 비하면 그 희귀성이 두드러진다. '국보'(3점)와 '보물'(4점)의 7점이 국가지정문화재다. 국보는 제262호(우학문화재단 소장)와 309호(삼성미술관 리움), 310호(개인 소장)다. 보물은 제1437호(국립중앙박물관 소장)와 1441호(디 아모레 뮤지엄), 개인들이 소장한 1438호·1439호다. 모두 높이와 몸체 지름이 40㎝를 넘는다. 또 굽 지름이 입 지름보다 짧다. 국제적으로는 영국박물관 소장품, 300여 조각으로 박살난 것을 복원한 일본 오사카 시립동양도자미술관 소장품이 있다. 이들은 2005년 국립고궁박물관 개관 특별전에 초대를 받아 잠시 고국 나들이를 했다.

달항아리는 백자 중 가장 크면서도 어떠한 무늬 장식이 없이 담백한데 조선백자의 미를 대표한다. 맑고 흰 달항아리는 둥그렇고 원만하여 부드럽고 여유 있는 모양이다. 그런데 물레를 돌려서 도자기를 빚던 시절 큰 달항아리 제작은 불가능했다. 그래서 두 개의 반원 도자기를 따로 만든 다음에 하나로 붙였으므로 가운데 불룩한 부분에 아랫부분과 윗부분을 접합한 흔적이 있다. 보름달을 닮았다고 달항아리로 불리지만 대칭되는 완전한 원형은 아니다. 구워지는 과정에서 한쪽이 조금 내려앉기가 십상이기 때문이다. 어설픈 듯한데 온전하다. 혜곡 최순우(1916~1984)는 이러한 텅 빈 충만에 대해 '어리숙하고 순진한 아름다움, 무심한 둥근 맛, 원의 어진 맛'이라 표현했다.

도올 김용옥은 흔히 얘기하듯 조선에서 고려청자를 재현하지 못하여 백자로 간 것이란 설을 부인한다. '청자의 색깔이 세련되고 세련되어 백자가 나온 것이며 색깔이 없는 것이 색깔이 있는 것보다 후대의 것이다. 청자는 백자로 가는 과정의 한 단계이며 백자가 궁극의 도달점이다. 이는 공자가 말하는 회사후소의 경지다'라고 했다. 흰색은 바탕이면서 도달점인 것이다.

17~18세기 당시 백자 항아리는 도자기의 종주국인 중국과 유럽으로 이름을 떨치기 시작한 일본에서도 많이 제작됐다. 이들은 삼채, 오채 등 화려한 색깔로 갖가지 무늬를 장식했다. 달항아리 같은 순백자 항아리는 조선에만 있으며 한국인의 정서와 삶, 가치관, 미적 감각이 잘 담겨 있다. 가운데 이어 붙인 흔적도 감출 수 있음에도 오히려 드러냈다. 그 흔적은 한국미의 하나로 꼽히는 자연스러움, 가장하지 않는 솔직함이다. 이는 주춧돌을 자연 그대로 살린 그랭이 건축법과도 상통한다. 그만큼 자연친화적인 것이다.

좌우 대칭성이라든가 완벽한 마무리 등은 처음부터 의도하지 않은 것이다. 인위적으로 정교하게 만들어진 형태는 기피하고 오히려 자연스럽게 배어 나오는 모습을 보면 달항아리를 흔히 '자연이 빚는다'라고 표현하는 이유를 느낄 수 있다. 이러한 억지로 꾸미지 아니하고 단순, 간결하고 소탈, 대담하며 너그럽고 단아한 매력에 대하여 한 서구의 미술사학자는 "서구인들이 조선백자가 지닌 미의 세계에 다가서기 위해서는 한국 그 자체와 문화사에 상당히 깊이 파고 들어가야 한다"라고 말한다.

'달항아리는 가장 우아한 한국적 디자인이면서 세계적인 디자인'이라는 생각을 가진 디자이너 김영세에 의해 달항아리는 평창 동계올림픽 성화대로도 재탄생했다. 문명비평가인 프랑스의 기 소르망은 국내 특강에서 달항아리는 어떤 문명에서도 찾아볼 수 없는 한국만의 미적, 기술적 결정체로 한국의 브랜드이미지를 정하라면 달항아리를 심볼로 할 것이라고 했다. 작가 알랭 드 보통은 그의 저서 『영혼의 미술관』(2013)에서 "달항아리는 쓸모 있는 도구라는 점 외에 겸손의 미덕에 최상의 경의를 표하는 작품이며 그로부터 보다 나은 자아로 거듭나라는 도덕적 메시지를 발견할 수 있다"라고 피력했다. 완벽하지 않은 형상이 오히려 관용과 겸허의 미덕에 대한 최상의 오마주라는 것이다. 영국박물관이 소장한 달항아리(moon jar)에서 영감을 얻어 만든 미니 항아리 '불완전 단지(Imperfection Pot)'는 그가 영국에 세운 '인생학교'에서 팔고 있는 아이템이다.

달항아리가 300년의 세월을 건너뛰어 현대인에게 가닿는 이유는 고독한 군상에게 정신적 심리적으로 안정감과 휴식을 주고, 간소함이 주는 미니멀 라이프의 인테리어 소품으로도 적합하기 때문이다.

조선 후기에 등장했다가 갑작스레 자취를 감춰버린 탓으로 달항아리에는 미지의 신비로움이 있다. 아름다움과 기품, 절제의 흔적을 통해 오히려 여유로운 빛을 발하는 문화유산인 달항아리가 지니는 신비의 분위기의 근거를 추출하기는 요원하다. 아무 채색이나 장식 없이 하얀 달덩이처럼 풍만하고 깨끗한 달항아리에는 계수나무 아래 옥토끼가 떡방아를 찧는 곳, 달나라에의 꿈이 서려 있다. 우리 민족의 숨결을 머금은 달은 오늘도 여기저기에서 두둥실 떠오른다.

달하 노피곰 도드샤 머리곰 비취오시라
어긔야 어강됴리 아으 다롱디리

플라뇌르와 산려소요

세상이 조깅jogging 열풍에 휩싸인 적이 있었다. 20세기 말에 클린턴은 미국에서, 김영삼은 한국에서 열심히 달렸다. 김영삼은 1995년 7월 미국 방문 중 백악관에서 클린턴과 함께 한 조깅으로 화제를 뿌리기도 했다. 일본과 한국이 고도성장의 단맛에 취해있을 때였다. 그러한 열풍의 극단에 이르러 미국에서는 백주대로를 나체로 뛰어가는 스트리킹이 잠깐 유행을 타기도 했다. 돌발상황을 연출하여 세간의 주목을 받으려는 치기였는지 사그라진 히피문화의 맥을 잇는 자아와 자유의 표출이었는지 모르겠다.

새 밀레니엄에 접어들어 우리나라 사람들은 뛰기를 그만두고 걷기 시작했다. 올레길 둘레길 산티아고 순례길…에 사람들이 몰려갔다. 히말라야 등의 트래킹 코스도 이에 합류하여 인기를 누렸다. '더 빠르게'에서 '조금 천천히'로의 숨고르기에 들어간 것 같았다. 그와 더불어 '걷기'는 인문학적 담론을 형성하여 출판계를 풍미하기도 했다. 이때는 '여행'이 일상화되기 시작하는 시기였기에 사람들은 가방을 둘러메고 세계의 낯선 고장을 찾아 나서서 타박타박 걸어 다녔다. 200만 년 전, 최초의 인류로 간주되는 직립 인간 '호모 에렉투스'는 아프리카에서 살다가 동남아시아로 이동하였다. 그들은 그 먼 길을 걷고 또 걸었을 것이다. 이즈음에 걷기에 몰두하는 '호모 사피엔스'들을 보매 그들의 모습이 오버랩된다. 이들은 과연 '호모 데우스', 신의 경지에 도달하려는 사람들의 행렬인가.

기원전 3500년경에 메소포타미아에서 수레를 위한 바퀴를 만든 이래 5천여 년 동안 사람들은 마차를 밀고 끌며 달렸다. 가까스로 19세기에 나타난 엔진으로 인류는 자동화의 시대에 당도하였다. 피스톤에 의한 직선의 왕복운동을 바퀴의 회전운동으로 전환시키는 경이로움으로 비로소 말[馬]은 어깨에서 굴레를 내려놓았다. 그렇게 애써 마련한 문명의 이기를 놔두고 도로 걷거나 달리고 싶은 것이다. 이는 기계에 의존하던 이동 수단에의 반격이라기보다는 바퀴의 속도감으로부터 탈출하여 대지를 발밑에 느끼려는 원초적 회기에의 소망으로 여겨진다.

'걷기'의 유행 초기에는 걷되 빨리 멀리 걸었다. 그러나 이제는 천천히 걷는다. 이 변화는 걷기가 몸뿐만이 아니라 마음과 정신을 위한 걷기로의 전환처럼 보인다. 몸과 마음이 활발히 대화를 나누며 격려하고 조화를 이루려고 한다. 몸이 처지면 마음이 달래고 마음이 가라앉으면 몸이 저항하며 마음을 일으킨다. 몸이 마음을 따라오기도 하고 마음이 몸을 따라오기도 하면서 서로 부축하고 의지한다. 느릿느릿 느긋하게 몸과 정신은 하나라는 당연한 명제를 새삼스럽게 의식한다.

생각은 걷는 발뒤꿈치에서 나온다는 말이 있다. 걷기는 발에 자극을 주는 행위이며, 발바닥에서 시작하여 몸 전체의 무뎌진 신경계통을 자극하기에 이르러서 감정과 정신과 나아가 사유 능력을 일깨운다. 대단한 파급효과를 불러오는 것이다. 아닌 게 아니라 걷다 보면 주변 환경을 받아들여 온몸의 다채로운 감각이 두루 깨어나는 것을 실감하게 된다. 자연의 변화를 몸으로 느끼면서 생각하는 훈련을 하는 가운데 영감을 발현시킨다면 가히 금상첨화라 할 것이다.

걷기는 심폐지구력과 몸에 좋은 고밀도 콜레스테롤 수치

를 증가시키며 그에 따라 몸의 유연성과 근력도 향상된다. 걷기 운동을 하면 뇌에서 기억을 담당하는 '해마'가 커져서 뇌를 젊게 만들어 준다. 걸으면 뇌에 혈액과 산소 공급이 원활해져서 뇌근육 속의 '근방추'라는 것이 자극을 받아 각성 효과를 높이므로 뇌기능이 활성화된다. 특히 도파민이나 엔돌핀 등의 생성을 도와 활기가 생겨난다. 도파민의 생성을 증진시키기 위해서는 산에 오르거나 계단 올라가기 등 중력에 반하는 운동이 좋다. 또한 30분을 걸으면 엔돌핀이 분비된다. 이런 장점들을 뇌과학자들이 주장한다.

푸코의 연구자로 잘 알려진 프레데리크 그로는 『걷기, 두 발로 사유하는 철학』에서 '느리게 걷고 깊이 사유하며 자유롭게 살기'를 말한다. 이 책에는 알프스의 질스마리아를 걷고 또 걸으며 '차라투스트라'와 '영원회귀'의 착상을 떠올린 니체, '바람구두를 신은 인간'으로 불렸던 시인 랭보, 걸어야만 진정으로 생각하고 구상할 수 있다고 믿었던 루소, 건강을 유지하고 자신을 제어하는 훈련을 하기 위해 일상적으로 산책에 나섰던 칸트 등이 걸으며 사색하는 다채로운 이야기가 펼쳐진다. 걷기가 사유의 근육을 키워준다고 주장하며 그들이 통찰력과 감수성과 영감을 바탕으로 독창적인 사상과 작품 세계를 형성해나간 바탕에는 '걸으며 사색하기'라는 꾸준한 생활 태도가 있었다는 것이다.

다비드 드 부르통은 그의 산문집 『느리게 걷는 즐거움』에서 '가장 우아하게 시간을 잃는 방법은 느리게 걷기'이며 걷기는 시간을 그윽하게 즐기는 감각의 예술이라고 했다. 그의 주장대로 몸으로 걸으면서 인간이 느끼는 행복한 감각들은 자신이 그 순간, 그곳에 실존하고 있음을 확인시켜 준다. 실로 걷기는 우리가 햇빛과 신선한 공기를 받아들이며 우리의 두 발로 대지를 누르는 쾌감, 살아있음의 증명이라는 말이 설득력이 있다.

달리기에서 걷기로 변한 풍속도는 이제 다시 새로운 모습을 보인다. 도시들의 발달에 따라 녹지가 풍부해지고 많은 공원이 자리 잡아 가고 있는 이즈음에는 부쩍 산책객들이 늘어났다. 일찍이 유럽에서 근세가 열리고 모더니스트들이 등장한 때에 당시 새롭게 부상한 부르주아 계급의 젊은이들은 거리와 공원을 유유자적 배회하다가 카페나 바에서 대화를 즐겼다. 경제적 여유와 함께 문화와 교양을 향유하면서 전에 없던 도시적 삶의 유형을 만들어간 것이다. 『악의 꽃』의 시인 샤를 보들레르는 이들을 플라뇌르(flâneur, 한가롭게 거니는 사람)라고 명명했다. 마네의 작품 〈튈르리 공원의 음악회〉에서처럼 마네는 다년간 거의 매일 오후 2시에서 4시 사이에 보들레르와 함께 파리의 뛸르리 공원을 산책했다. 이들은 다소 느슨한 방관자적 시선으로 사소한 것에 눈뜨고 새롭게 살피기를 즐겼다. 우리에게도 이제 그런 시절이 찾아온 것일까. 시내는 보행자로 채워지고 커피전문점이나 카페가 유례없이 늘어나고 있는 이즈음이다.

걸으면서 두 다리를 번갈아 움직일 수 있다는 사실이 신기할 때가 있다. 몸과 정신의 일체감 속에 몸이 대지에 발붙이는 생생한 감각을 애써 느릿느릿 느긋하게 즐긴다. 기계에 의한 거리 이동을 잠시 멈추고 자기 힘으로 움직이며 이를 온몸으로 의식할 때, 몸과 마음이 하나로 모아져서 고맙다.

사실 플라뇌르의 역사는 길다.

천자문에 나오는 글귀인 '산려소요散慮逍遙'는 세상 잡사를 잊어 쓸데없는 생각을 흩어버리고 자연 속에서 한가롭게 노닐며 즐겨 걷는다는 의미로 '장자'의 '소요유逍遙遊'편에 들어 있다. 소요逍遙를 하면 진정한 유遊를 할 수 있다는 의미의 소요유에서 장자가 말하는 유는 완벽한, 어디에도 걸리지 않는 유유자적한 정신의 자유이다. 광활한 내면세계와 드넓은 정신공간의 해방을 통한 대자유의 삶을 얻을 수 있다면 세속적인 가치는 자연히 하찮은 것이 될 것이다. 그러려면 우선 산려(散慮, 쓸데없는 생각을 버리기)로 허심탄회한 경지에 다

다라야 '소요(逍遙, 노닐며 걷기)'를 할 수 있다는 의미다.

걷기를 철학에 접목시킨 최초의 서양 철학자는 아리스토텔레스다. 그가 세웠던 학원인 '리케이온'에서 제자들과 함께 페리파토스(산책로)를 걸으며 대화하고 사색하고 토론했다. 그래서 그와 그의 제자들은 산책하며 사색한다는 의미로 '소요학파逍遙學派'라고 불린다.

다만 소요학파의 소요가 사색을 하기 위한 수단이었다면 장자의 소요는 그 자체가 허허로운 자유를 추구하는 도달점이었다는 차이는 있다고 할 수 있다. 장자는 산려散慮를 해야 소요逍遙할 수 있고, 아리스토텔레스는 소요逍遙를 해야 산려散慮가 된다는 차이가 있다. 소요가 장자에게는 도달점이고 소요학파에게는 과정이다.

소요, 산책은 마음의 여유에서 비롯할 것인데 이는 생에 대한 긍정의 마음을 갖게 한다. 그리하여 내적 자아에 매몰되려는 것을 막아주고 자연스럽게 다른 존재, 타인에 대한 배려의 마음을 지니게 해준다. 산책은 긍정과 배려와 여유, 이렇게 귀한 선물을 준다.

20여 년 전에 마련된 우리 동네 호수공원에는 이제 제법 수목이 울창하다. 여기저기 발길 닿는 대로 배회하다가 체크무늬 천을 잔디 위에 펼치고 비스듬히 누워 호수를 바라본다. 반짝이는 물비늘 따라 조용한 평화가 일렁인다. 요즘 세상은 전쟁을 우려하는 소식들로 시끄럽다. 나는 지금 아무런 전쟁의 위험이나 나의 일상을 해칠 위협이 없고 세상은 날로 좋아지고 있다는 느낌을 지니길 희망한다. 전쟁의 반대말은 평화가 아니라 일상이라고 한다.

내가 천천히 걸을 수 있다는 것, 장자처럼 보들레르처럼 주변도 살피고 내면의 풍경에도 잠길 수 있다는 것, 얼마나 소중한 일인가. 그 가운데 자신의 삶을 음미하며 내면으로의 심화와 더불어 세상을 바라보는 시야를 확장하는 것에 공히 온 정신을 기울이는 삶을 동경한다. 그 무엇, 어떤 명분에도 내가 누리는 이 일상의 잔잔하고 사소한 행복을 양보할 수가 없다. 방관자적 배회와 소슬한 한가로움을 내가 원한다.

나랑 잘 지내기

딸과 함께 치앙마이에 갔을 때였다. 훌륭한 커피 맛으로 유명한 한 카페에 수수한 차림새가 한국인임이 분명한 중년 여인이 홀로 들어왔다. 이어폰의 늘어진 줄과 손에 들린 한 권의 책이 전하는 분위기에 끌려 그녀에게 절로 시선이 갔다. 에스프레소 커피를 음미하고 난 후 그녀는 한잔의 커피를 더 시켰다. 독서삼매 음악 커피 그리고 혼자 하는 여행. 멋있어 보였다. 나는 그녀의 모습이 신기했는데 부럽지는 않았다. 딸을 보호자로 대동하고 여기에 와있는 나로서는 언감생심이라고나 할까, 노마드는 당신들의 것, 나는 정주민.

기어이 떠나야만 할 절박성이란 것을 지니지 않는다, 그렇게 정리된 나의 모습을 간직하고 있는 때에 마침 한 번도 경험하지 못한 세상이 펼쳐졌다. 2020년 12월 지금은 여행이 용이하지 않은 시간, 제대로 집콕의 시간이다. 여태껏 여행이 버킷리스트 단연 1등인 글로벌 시대에 익숙했던 사람들은 코로나가 앞당긴 비대면 사회 상황에 아연 어리둥절한 모습이다. 나도 물론 초유의 팬데믹에 위협을 받지만 비교적 한가롭게 이 정황을 바라본다.

남들은 세계를 무대로 여기저기를 헤맬 시간에 나는 집 한 칸이 온 우주인 양 아지트를 구축하고 있었다. 바리케이드를 단단히 두르고 홀로 고요히 온전한 나만의 세상에서 평화로웠다. 원래 자발적 자폐의 경향이 있으므로 혼자 놀기를 좋아하는 정도가 아니라 혼자만의 시간이 주어져야만 비로소 나다움을 회복할 수 있다. 그것도 방구석을 찾아드는 성향이라 그만큼 내게는 집이라는 공간이 소중하다.

그런데 이즈음의 추세를 보니 어차피 재택근무나 홈스쿨링은 대세로 자리 잡을 가능성이 커 보인다. 그렇게 되면 사무실에 출퇴근하는 생활 패턴은 줄어들고 집에서 모든 것을 해결하는 인구가 늘 것이다. 결국 내가 누려왔던 시대에 뒤처진 생활방식이 모든 이의 일상이 된다는 것 아닌가.

그런데 혼자 시간을 보내는 것에는 일종의 연마된 기술과 자립의 의지가 필요하다. 자칫 외로움의 늪에 빠지는 것을 겁내면 결국 밖으로 나돌며 시간과 마음을 탕진할 수밖에 없기 때문이다. 취미가 그래서 중요하다. 어떤 마음에 드는 광고 문구에 '유행보다 취향'이라는 카피가 있었다. 유행이 남 따라하기라면 취향은 나만의 세계를 추구하는 것이라고 할 수 있다. 취향에 맞는 취미생활을 할 수 있다면 몰입과 긴장의 시간이 자연적으로 따라온다. 마음 붙일 곳을 마련하면 술에 의존하여 현실을 회피하거나 헛되이 인간관계에 목을 매지는 않을 것이다.

자기만의 시간을 보내려면 타인을 내 삶에 끌어들이기에 급급하기 이전에 정작 나와 사이좋게 살도록, 내가 나를 납득시키고 기특해하도록, 내 마음에 흡족하도록 해야 한다. 나는 다행스럽게 나만의 화두를 지녀 자문자답의 대화를 즐긴다. 마치 소크라테스의 디아몬처럼 그 누군가는 끊임없이 나를 찾아와 대화를 나눈다. 내 안의 자아, 거울 속의 나를 바라보듯 또 다른 나를 대상으로 나는 세상을 이해하려 애쓰고 나를 확장하려고 노력한다. 알아가며 깨닫는 즐거움 속에 사이불학思而不學, 학이불사學而不思의 위험을 염두에 두고 외부에서 오는 지식과 스스로 정리한 생각 사이의 조화를 찾아 미망에 갇히는 것을 경계한다.

좋아하는 일에 몰두할 수 있는 자유를 누릴 수 있도록 스스로 나의 환경을 개척할 필요가 있다. 어떤 타인이나 제도로 부당한 결핍과 억압을 당하는 일이 있더라도 그에 과감히 항거하고 방해물을 제거하는 지혜를 갖기 위해 끊임없이 깨어있어야 한다.

유미적 취미로 인하여 나는 아름다움의 정체에 관심이 많다. 자연스럽게 그 대상은 예술작품이다. 시야를 넓혀주는 작품들을 감상하려면 그에 따른 공부가 선행해야 한다. 지적 영역을 넓히면 감수성의 깊이와 감각의 섬세함 및 예민함에 따른 안목과 소양도 절로 길러진다. 아름다움, 미적 판단에 대해 쉽게 함부로 이야기하면 안 된다. '어쩐지 맘에 든다.' '그냥 좋다'는 애매한 경지에서는 일과성에 그치기 십상으로 길게 관심을 끌어가기가 어렵다. 확고한 판단력을 가져야 오래도록 취미생활을 이어갈 수 있다. 칼페파 타 칼라 (καλεπατακαλ, a beauty is difficult); 아름다운 것은 어렵다!

스마트폰 위에 넘치는 경구와 잠언들은 뭔가 한 말씀으로 인생을 지도하고 가르치고 위로하고 나아가 힐링까지 하려 든다. 멘토라는 사람들의 말 몇 마디로 힐링이 된다면 이 세상의 근심 걱정은 일찌감치 사라지고 없을 것이다. 그들도 세상을 위로하려는 착한 마음인 것을 나도 모르지는 않는다. 삶의 위기에 봉착한 몇몇에겐 돌파구가 되어줄 수도 있으려나. 그래도 너무 쉽다.

이제는 더 이상 소설을 많이 읽지는 않는다. 영화 보기도 많이 줄었다. 객체에서 전체를 파악하고 가상을 통해 현실을 이해한다는 아리스토텔레스의 말에 한때 경도되어 있었으나 이제는 시들하다. 한 작가에 의한 스토리텔링, 시나리오에 의한 영상 등, 몇 사람이 펼치는 상상의 세계에 대한 한계에 회의감이 짙다. 그보다는 현실에 바탕을 둔 사회, 철학, 역사에 대하여 관심사가 옮겨갔다. 글쓰기의 영역도 그런 식으로 조정이 된다. 허구를 멀리하는 수필은 이런 나의 상태에 그지없이 적절하다.

그러나 역시 간혹 접하게 되는 드라마 영화 소설 연극은 감성을 터치하여 건조한 일상에 습기를 분무하는 기제가 된다. 일상의 건조함에 머물고 있던 때에 우연히 TV에서 슬픈 영화를 보게 되었다. 눈물을 흘리는 정도를 넘어 울음이 복바치는 것이었다. 마침 혼자였기에 버릇된 억제를 팽개칠 수 있었으리라. 영화의 결말이 어른거려서 심장은 아팠으나 실컷 울고 나니 확실히 정신이 맑아지는 카타르시스의 효과는 있었다. 영국의 다이아나 왕세자비가 사고로 사망했을 때 많은 사람들이 슬픔에 잠겨 눈물 흘리고 통곡했다. 그런데 이 시기에 우울증 환자가 현저하게 줄었다고 한다. 정화작용이란 이런 것이 아닐까 싶다.

긍정적이고 적극적인 자세로 명랑함과 양명함을 유지하는 것이 내 삶의 모토이기 때문에 그 희망사항을 지키기 위해 준비한 지침이 있다.

우선 과도한 미래지향은 현재를 망친다. 흘러간 과거와 알 수 없는 미래 사이에서 매 순간의 '지금 여기'에 깨어있으면, 그로써 삶은 완결된다. 내일 내 앞에 펼쳐질 삶에 지나치게 연연하면 현재에 충실하지 못하고 현재를 포기하게 된다. 어리석은 일이다.

또한 나와 잘 안 맞는다고 생각되는 대상은 과감히 보내버리는 것이 현명하다. 행복하려면 관계를 과감하게 끊을 줄 알아야 한다. 잘 안 풀리는 사이라면 굳이 연연할 필요가 없다.

TMI가 투 머치 인포메이션(Too Much Information)의 약자라지만 나는 투 머치 아이네스(Too Much I-ness)로도 본다. 두 개의 TMI를 경계한다.

현대인은 정보 과잉과 자의식 과잉 사이에서 출렁인다. 실상 검색만능의 시절이 고맙기 그지없긴 하다. 도서관 대신에 방구석에 머물러서 온갖 지식과 정보를 섭렵할 수 있으니 얼마나 편리한가. 그러나 심심할 틈 없는 콘텐츠 소비는 곧

란하다. 서핑의 바다에서 길을 잃기 십상이다. 다소 심심해야 '내 생각'을 채울 여지가 생긴다.

니체는 데카당스를 혐오했는데 그가 지적하는 퇴폐적인 감정은 청승과 자기연민이다. 이는 자기중심주의에 매몰되면 찾아오는 함정이다. '부러우면 지는 거다'라는 말이 나는 싫다. 부러운 것을 부러워 하자. 그리고 내 손에 안 닿는 것은 흔쾌히 지우자. 나에게 없는 것을 순순히 포기해버리는 냉담함과 성숙하지 않은 것에 대한 거부감으로 돈담무심頓淡無心의 경지를 추구한다.

미래지향 줄이기, 결단력 있는 관계 정립, 탈 TMI, 이 세 가지만 명심하면 행복한 나날을 보낼 수 있다. 그러면 과욕 원망 조바심 억울함 등 사소한 감정의 낭비, 경박한 희로애락의 노출, 사고의 협소함 따위를 대폭 줄일 수 있다.

FAE(Frei Aber Einzeln 자유 그러나 고독). 고독한 자만이 자유를 누릴 수 있다. 그러나 누군가를 제대로 그리워할 수 있다는 것은 얼마나 소중한 감정인가. 생의 축복인 것이다. 열린 마음으로 세상에 대한 안테나를 장착하고 있으면 결코 혼자여도 외롭지 않을 것이다. 애착이 가는 존재에 대한 생각만으로도 뿌듯한 행복감으로 충만하리니.

사랑이란 나를 잊고 나의 자리에 대상을 대신 들이는 것이다. 이윽고 애석하게도 언젠가 사랑은 끝나게 되고 자신에게로 다시 돌아온다. 사랑의 마법이 자신을 잊는 황홀이라면 자신에게로 맹숭맹숭하게 돌아오는 것이야말로 삭막한 일이다. 오직 그리움을 아는 자만이 기다릴 줄도 안다. 먼 곳에서 오는 이를 마중하는 자세로 기다리는 가운데 더 잘 볼 수 있고 자세히 살필 수 있고 세밀하게 기억할 수 있다. 그리움과 동경 가운데 비로소 나는 나의 내면을 고요히 응시한다.

밀실과 광장. 홀로 유유자적한 밀실과 타인과의 진정한 소통이 기다리는 광장을 오가며 내면에 거리낌이 없는 쾌청한 날이 찾아들기를, 나는 기대에 차서 아침을 시작한다.